Os animais célebres

Michel Pastoureau

Os animais célebres

tradução
Estela dos Santos Abreu

martins fontes
selo martins

© 2015 Martins Editora Livraria Ltda., São Paulo,
para a presente edição.
© 2002, Christine Bonneton.
Edição brasileira publicada por acordo com Eulama Agência Literária
Internacional
Esta obra foi originalmente publicada em francês sob o
título *Les animaux célèbres* por Editions Bonneton.

Publisher	*Evandro Mendonça Martins Fontes*
Coordenação editorial	*Vanessa Faleck*
Produção editorial	*Susana Leal*
Preparação	*Carmem Cacciacarro*
Revisão	*Paula Passarelli*
	Renata Sangeon
	Ubiratan Bueno
	Lucas Torrisi
Diagramação	*Megaarte Design*

Dados Internacionais de Catalogação na Publicação (CIP)
(Câmara Brasileira do Livro, SP, Brasil)

Pastoureau, Michel
  Os animais célebres / Michel Pastoureau ; tradução de
Estela dos Santos Abreu. – São Paulo : Martins Fontes –
selo Martins, 2015

  Título original: *Les animaux célèbres.*
  ISBN: 978-85-8063-236-1

  1. Animais 2. Animais - Aspectos simbólicos I. Título.

15-06175   CDD-398.369

Índices para catálogo sistemático:
1. Simbologia animal   398.369

Todos os direitos desta edição reservados à
Martins Editora Livraria Ltda.
Av. Dr. Arnaldo, 2076
01255-000 São Paulo SP Brasil
Tel.: (11) 3116 0000
info@emartinsfontes.com.br
www.emartinsfontes.com.br

À minha mãe, Hélène Pastoureau (*in memoriam*)
(1915-1990)

Sumário

Introdução 09

A serpente do pecado original 17
Os animais da Arca 22
O bestiário de Lascaux 29
O Minotauro 36
O cavalo de Troia 46
A jumenta de Balaão 52
A baleia de Jonas 60
A loba romana 66
Os gansos do Capitólio 72
Os elefantes de Aníbal 77
O boi e o burro do presépio 82
O porco de Santo Antão 92
O veado de Santo Eustáquio e de Santo Hubert .. 102
Abul-Abbas, o elefante de Carlos Magno 112
O porco regicida 118
Renart 124
O leopardo inglês 132
O elefante de São Luís 142
O asno de Buridan 152
A porca de Falaise 160
O rinoceronte de Dürer 172

Os cães de Carlos IX 181
O urso apaixonado por Antoinette Culet 187
O bestiário das fábulas de La Fontaine 193
As leitoas de Vauban 201
Os gatos da rua Saint-Séverin 214
A Besta de Gévaudan 220
As abelhas de Napoleão 233
A girafa de Carlos X 239
Teddy Bear, o primeiro urso de pelúcia 251
Mickey e Donald 261
Milu 268
Nessie, o monstro do Lago Ness 274
Laika, a primeira cadela cosmonauta 285
Os javalis de Obelix 289
Dolly, a ovelha clonada 297

Bibliografia 303
Índice dos animais 308

Introdução

Durante muito tempo, os historiadores não deram muita atenção aos animais. Relegaram-nos às coletâneas de anedotas e à história "menor", como costumavam fazer com todos os assuntos que lhes parecessem secundários, insignificantes ou marginais. Apenas alguns filólogos e alguns historiadores das religiões antigas se interessaram por certos estudos específicos em que faziam referência aos animais, mas era impensável dedicar-lhes um verdadeiro estudo ou um livro erudito. Lembro-me ainda das dificuldades que encontrei no final da década de 1960, na Ecole des Chartes, para conseguir apresentar o bestiário medieval como assunto de tese. Meus professores, que, aliás, gostavam de mim, julgavam a matéria fútil por se referir a animais, isto é, a atores que não tinham destaque na cena histórica.

De lá para cá, a situação mudou. Graças aos trabalhos de alguns historiadores pioneiros — à frente dos quais convém citar Robert Delort, cujo livro *Les animaux ont une histoire* [Os animais têm uma história], lançado em 1984, constitui um verdadeiro marco historiográfico — e à crescente colaboração com pesquisadores de outras áreas (zoólogos, antropólogos, etnólogos, linguistas), os animais tornaram-se verdadeiro objeto da história. Seu estudo se situa hoje no cerne da pesquisa e na intersecção de várias disciplinas. Considerados em suas relações com o homem, os animais aparecem em todos os temas da história social, econômica, material, cultural, religiosa e simbólica. Estão presentes por toda parte, em todas as épocas, em todos os documentos, e sempre trazem ao historiador numerosas questões essenciais e complexas.

Este livro pretende expor algumas dessas questões, não como tese ou estudo erudito, mas de modo mais solto, como um conjunto de capítulos dedicados a alguns animais. Trata-se, para mim, especialista em Idade Média, não apenas de uma "recriação" no meu trabalho diário sobre a história das relações entre o homem e os animais, mas também de um modo de revelar a um público mais amplo as interrogações, pesquisas e reflexões que perpassam as pesquisas atuais dos historiadores dessa área. Para tal, selecionei quarenta animais que, por algum motivo, considero "célebres" na história e na tradição ocidental. Limitei-me ao Ocidente e, sobretudo, às sociedades europeias porque meu conhecimento

INTRODUÇÃO

documental se refere a essa área cultural, e eu não queria basear-me em fontes de terceira ou quarta mão para expor fatos e, menos ainda, para tecer comentários sobre eles e sua problemática. A Bíblia, a mitologia greco-romana, o cristianismo e a história medieval e moderna da Europa fazem parte das minhas curiosidades e pesquisas cotidianas, mas as divindades indianas ou egípcias, as culturas africanas, as sociedades asiáticas ou ameríndias, que consagram uma atenção considerável ao mundo animal, são-me pouco familiares. Deixei-as de lado para não ser levado a apenas compilar e, então, dizer asneiras.

Minha seleção apoiou-se em diferentes critérios. O de "celebridade" é, com certeza, o mais subjetivo e discutível. Escolhi, além dos animais que são célebres até hoje e cuja presença neste livro não surpreenderá ninguém, também aqueles que foram célebres no seu tempo e que deixaram de ser, assim como o porco regicida de 1311, os cães de Carlos IX, o urso que se apaixonou por uma moça da Savoia no início do reinado de Henrique IV, ou até, mais próximo de nós, a girafa de Carlos X. Todos esses animais existiram de fato. Outros, mais numerosos, pertencem à lenda, à fábula, às crenças, à literatura, à iconografia. Assim são os animais bíblicos (a serpente do Gênesis, a jumenta de Balaão, a baleia de Jonas), mitológicos (o Minotauro, o cavalo de Troia) e os que aparecem nos textos literários (Renart) e no universo das imagens (o porco de Santo Antão, Mickey, Donald, Milu). Assim, enfim, são os que vêm do mundo dos emblemas e dos símbolos (o leopardo inglês), dos objetos (o urso de pelúcia Teddy Bear) ou dos sonhos (o monstro do Lago Ness). Na minha seleção, o imaginário parece ter mais espaço do que a realidade. Mas o historiador nunca deve opor imaginário e realidade com muita ênfase. Para ele, como também para o etnólogo, o antropólogo ou o sociólogo, o imaginário sempre faz parte da realidade.

Tentei respeitar certo equilíbrio cronológico entre a Antiguidade, a Idade Média e os tempos modernos e contemporâneos, embora meu ofício de medievalista me leve a privilegiar o segundo desses três períodos. Evitei dar destaque ao século XX, como costumam fazer muitos livros que se propõem levar em conta "2 mil anos de história" ou até "5 mil anos de história", mas nos quais o século XX ocupa absurdamente 75% ou 90% do texto. Também tentei, na medida do possível, diversificar as espécies animais em cada capítulo; mas, nesse caso, esbarrei na própria história: certas espécies oferecem várias "estrelas" ao bestiário ocidental (o porco, o urso, o burro, o

INTRODUÇÃO

leão e até o elefante), e outras, bem mais numerosas, não oferecem nenhuma. Nesse bestiário, os "quadrúpedes" — para usar uma expressão que convém a todas as épocas, em vez de "mamíferos", anacrônica para a Antiguidade e a Idade Média — são mais representados do que os pássaros, os peixes, as serpentes e os insetos. Isso constitui em si um documento histórico. Aliás, duas "estrelas" da história e da lenda são também minhas "estrelas" pessoais, as que constituem o objeto de minhas pesquisas há trinta anos: o urso e o porco, os dois "primos" do homem. Pareceu-me natural privilegiá-los. O urso, o porco, a raposa, o galo, o burro e alguns outros foram muitas vezes objeto de meus seminários na Ecole Pratique de Hautes Etudes ou na Ecole de Hautes Etudes en Sciences Sociales nesses últimos vinte anos. Que todos, alunos e ouvintes, recebam aqui o meu agradecimento pelas discussões produtivas e apaixonadas que tivemos. Também agradeço calorosamente a François Poplin pelo seminário tão fecundo e acolhedor que mantém em seu laboratório do Museu Nacional de História Natural há vários anos. Lá se reúnem todos os pesquisadores — zoólogos, arqueólogos, historiadores, sociólogos, filólogos, linguistas — que se interessam pelas relações entre o homem e o animal.

Para não me alongar e não dispersar o assunto numa longa lista de capítulos necessariamente curtos, estabeleci o limite de quarenta (número eminentemente simbólico que, nas culturas antiga e medieval, não significa "trinta e nove mais um", mas "muitos"). É evidente que esse número poderia ser multiplicado por dois ou três. Quanto à Bíblia, limitei-me a três entradas. Poderia ter escolhido doze ou quinze. O mesmo para a mitologia grega, na qual, sem dificuldade, seria possível apresentar vinte animais "célebres". Quanto às histórias em quadrinhos, fui obrigado a uma escolha drástica no seu bestiário prolífico para evitar desproporções. Nesse caso, o número de animais escolhidos poderia ser multiplicado por dez ou vinte, fartura que, em si, já vale por documento. Se este livro tiver a sorte de chegar a uma segunda edição, acrescentarei alguns capítulos. Entre as ausências que mais lamento estão a coruja de Atenas, Bucéfalo, Guinefort, o santo galgo (que meu amigo Jean-Claude Schmitt tanto aprecia), o lobo de Gubbio, a gata de Montaigne, o papagaio de Flaubert, Baloo, Babar, Jolly Salto*, o gato Félix, a Pantera Cor-de-Rosa e alguns outros.

Por enquanto, o livro limita-se a 36 tópicos ou capítulos, apresentando cerca de quarenta animais

---

* No original, Jolly Jumper, publicado no Brasil como Faísca ou Jolly Salto (pela Martins Fontes, entre 1983 e 1986), é o cavalo de Lucky Luke, protagonista da série homônima de quadrinhos criada e ilustrada por Morris e roteirizada por René Goscinny, um dos criadores de Asterix. (N.E.)

célebres (alguns foram agrupados). São tópicos de tamanho variado, de quatro a treze páginas, mas compostos, quase todos, de duas partes: uma exposição dos fatos, crenças e tradições referentes ao animal, e um comentário histórico que procura mostrar o contexto, os objetivos e a problemática em que ele aparece. Em todos os casos, a história cultural ultrapassa a história natural. Esta, aliás, é para o historiador apenas uma forma de história cultural entre outras, e o animal pertence tanto ao mundo dos símbolos quanto ao da zoologia.

Outubro de 2001

Adão, Eva e a serpente
Gravura em madeira do Mestre
CD. Colônia (?), 1520.

A serpente do pecado original
(Gênesis 3, 1-15)

A Bíblia apresenta muitos animais, seja para que desempenhem um papel mais ou menos importante numa narrativa, descrição ou enumeração, seja para se referir a eles sob a forma de imagens ou comparações. Entre os que têm lugar de destaque, cabe citar a serpente da Queda, o corvo e a pomba da Arca, o cordeiro sacrificado no lugar de Isaac, o bezerro de ouro e a serpente de bronze, a jumenta de Balaão, o leão vencido por Sansão, as raposas que este personagem soltou nos campos de trigo dos filisteus, o urso e o leão vencidos pelo jovem Davi para proteger suas ovelhas, o peixe e o cão de Tobias, os corvos de Elias, a ursa de Eliseu, os leões de Daniel e a baleia de Jonas. A essa lista, referente ao Antigo Testamento — e que poderia ser multiplicada duas ou três vezes —, acrescentam-se os animais do Novo Testamento: o cordeiro do Salvador, a pomba do Espírito Santo, o burro e o boi do Natal, o burro da fuga para o Egito, a jumenta da entrada de Cristo em Jerusalém, o peixe roubado por

Judas, o galo da negação, os Tetramorfos, os quatro cavalos, o dragão e os animais monstruosos do Apocalipse. Vários desses animais são tratados em algum capítulo deste livro. Comecemos pela serpente, o primeiro animal citado pela Bíblia e causadora da Queda e do pecado original.

Depois da Criação, Deus instalou Adão e Eva no Paraíso terrestre e os autorizou a fazer lá tudo o que quisessem, exceto colher o fruto da árvore do conhecimento do bem e do mal. Não lhes explicou o motivo ou a verdadeira natureza daquela árvore, mas avisou que, caso desobedecessem, o castigo seria severo. Apesar do aviso, Eva cedeu à tentação e transgrediu a ordem: colheu o fruto proibido e o ofereceu a Adão, que também sucumbiu. O texto do Gênesis esclarece que, para agir assim e desobedecer às ordens do Criador, Eva não seguiu apenas a sua vontade: foi seduzida pela malícia de Satã, que se disfarçou sob a forma de serpente. Mas, para os teólogos da Idade Média, altamente misóginos, foi ela a principal culpada; Adão saiu mais ou menos inocentado, ou, no máximo, acusado de fraqueza. A iconografia indica isso ao mostrar Eva colhendo o fruto proibido — um figo ou um cacho de uvas nas tradições orientais, e uma maçã nas tradições cristãs, devido ao duplo sentido da palavra latina *malum*, que designa tanto a maçã como o mal —, dando-lhe uma mordida antes de passá-lo para

Adão. Ele também dá uma mordida, mas o pedaço lhe fica preso na garganta (é a origem popular do "pomo de Adão"), como se não conseguisse engolir totalmente o delicioso alimento proibido.

Para a Bíblia, a serpente tentadora é mero instrumento do Diabo, chefe dos anjos rebeldes, inimigo de Deus, inferior a ele, mas ainda dotado de poderes consideráveis e temíveis sobre os homens. Já para a exegese e a teologia cristãs, a serpente e o demônio, juntos, encarnam o conjunto das forças do Mal. Aliás, é raro, antes do Renascimento, as imagens mostrarem, ao mesmo tempo, a serpente seduzindo e instigando Eva a pecar e o Diabo, escondido atrás da árvore, observando a cena. Ao contrário, a serpente tentadora quase sempre aparece sozinha, com um corpo reptiliano e uma cabeça mais ou menos monstruosa, que evoca um fauno ou um demônio, ou até uma cabeça de mulher, como se houvesse atração ou osmose entre Eva e seu aliciador.

Ao desobedecerem, Adão e Eva foram duramente censurados pelo Senhor e expulsos do Paraíso. Deus lhes ofereceu com que esconder a nudez (a invenção da roupa está, portanto, ligada à Queda), condenou Adão a trabalhar e Eva a procriar na dor. Trabalho e sofrimento tornam-se o lote comum da humanidade pecadora. Quanto à serpente, foi amaldiçoada por Deus e condenada a "rastejar sobre o ventre e a comer terra" (Gênesis 3, 14).

Em muitas culturas, a serpente é associada a todos os mitos fundadores e constitui um animal à parte, o pior inimigo do homem, ao qual ela sempre se opõe, e de todos os outros animais, que a temem e a evitam. É bastante ambivalente, pois encarna, de um lado, todos os vícios e forças malignas, sobretudo a artimanha, a perfídia, a sexualidade e o desejo carnal, e, de outro, a inteligência, a ciência, a prudência. É ao mesmo tempo criadora e destruidora. Não surpreende que a Bíblia lhe conceda o primeiro lugar, no mínimo cronológico, e lhe atribua um papel negativo: o de tentador, causa do sofrimento da humanidade. Nos textos bíblicos, a serpente é sempre malvista, exceto em um caso, o da serpente de bronze que Moisés fabricou por recomendação de Javé: bastava, a quem fosse mordido por uma serpente ou outro animal venenoso, olhar para esse objeto que sua vida não correria perigo (Números 21, 6-9).

Seguindo Plínio e seu compilador Solin, que, no século III, resumiu uma compilação de *História natural* muito influenciada pelas tradições orientais, os autores medievais fizeram do dragão o maior e o rei de todas as serpentes. Isso permitiu que estabelecessem um vínculo "tipológico" entre a serpente do Gênesis e o dragão do Apocalipse, ligando o início do Antigo Testamento ao final do Novo. Também permitiu apresentar a vitória sobre o mal pela imagem da serpente ou do dragão sendo pisoteados, o que serviu de atributo a muitos santos e prelados que venceram o pecado, destruíram a heresia, triunfaram sobre o Diabo e suas criaturas.

A Antiguidade pagã era mais comedida em relação às serpentes, que ela conhecia relativamente bem porque Aristóteles e vários médicos gregos as haviam observado, estudado e dissecado. Sabiam como elas copulavam, mudavam de pele, e os estudiosos eram sobretudo capazes, desde tempos imemoriais, de extrair desses animais seus diversos venenos para utilizá-los como remédio. Assim, a serpente era símbolo tanto de morte quanto de vida. Enrolada em volta de uma árvore, simbolizava a cópula de uma figura masculina, fálica e criadora, e de uma figura feminina, fértil e fecundada. É esse tema muito antigo do Oriente Médio que o Gênesis utilizou para encenar a mulher, a serpente tentadora e a árvore do conhecimento do bem e do mal.

Referências

BLANKENBURG, W. von. *Heilige und dämonische Tiere*. Berlim, 1943.

GUAITA, S. de. *Le serpent de la Genèse*. Paris, 1987.

KELLY, H. A. "The metamorphoses of the Eden serpent during the Middle Ages and Renaissance". *Viator*, v. 2, 1971, p. 301-27.

LEISEGANG, H. "Das Mysterium der Schlange". *Eranos Jahrbuch*, 1939, p. 151-250.

Os animais da Arca
(Gênesis 6, 9 — 9, 17)

O texto do Gênesis não especifica quais animais foram recebidos na Arca. Apenas reproduz a ordem dada por Deus a Noé: "De tudo o que vive, de tudo o que é carne, farás entrar na arca dois de cada espécie para mantê-los vivos contigo; que haja um macho e uma fêmea. De cada espécie de animais grandes, de cada espécie de pássaros, de cada espécie de pequenos animais rastejantes, um casal virá contigo para que o mantenhas vivo" (Gênesis 6, 19-21).

Ao longo dos séculos, os artistas que ilustraram essa passagem bíblica — como, aliás, os autores que a comentam — foram livres para escolher os animais que iriam colocar na Arca e de certo modo até forçados a selecioná-los porque, fossem eles pintores, escultores, gravuristas ou vitralistas, o espaço de que dispunham para representar a embarcação e seus habitantes não era infinito e limitava-lhes forçosamente o número. Foram obrigados a fazer uma escolha, proceder a uma seleção. Ora, para o historiador, essa escolha é um documento formidável porque não é tanto a expressão do gosto ou do sentimento individual, mas o reflexo de sistemas de valores, de modos de pensar e sentir, de saberes e classificações zoológicas que diferem segundo as épocas, as regiões e as sociedades. Valeria a pena fazer um estudo minucioso para cada época da história, para cada religião e cultura, talvez até para cada meio artístico.

Na Idade Média, por exemplo, nem todas as representações da Arca flutuando nas águas do dilúvio mostravam animais. Mas, quando eles estão presentes — ou seja, em quase 90% dos casos —, encontra-se o leão. Ao longo do tempo e das imagens, é o único animal sistematicamente presente na Arca. Em geral, está em companhia de outros grandes "quadrúpedes" (para empregar um conceito medieval) cuja lista varia. Aparecem com mais frequência o urso, o javali e o veado. Um animal, na Idade Média, é, portanto, um quadrúpede; e os quadrúpedes selvagens parecem mais "animais" do que os outros.

As espécies domésticas, difíceis às vezes de identificar com precisão, vêm muito depois em termos de frequência. Quanto aos pássaros, são mais raros (presentes em apenas 30% das imagens), exceto o corvo e a pomba, elementos essenciais na história do dilúvio, dos quais trataremos mais adiante. Mais raros ainda são os pequenos roedores, as serpentes e os vermes; jamais há insetos (no sentido

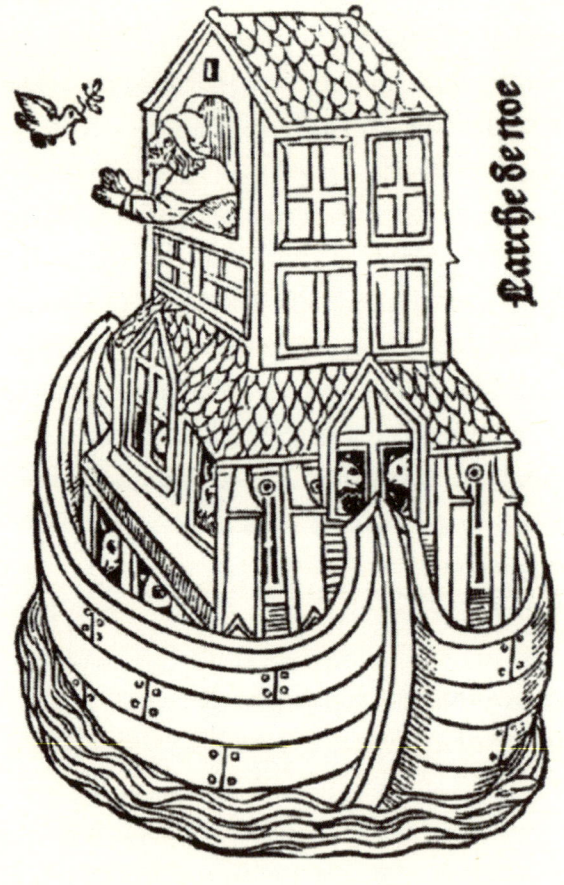

A Arca de Noé
Gravura anônima em madeira, numa
impressão de *La mer des histoires*
[O mar das histórias], Paris, 1488.

moderno) ou peixes; estes são mostrados sob a Arca, no meio das águas. Quase na metade dos casos não há um casal de cada espécie, mas um só representante, sexualmente indiferenciado.

Até nas imagens de grande formato é raro que a Arca contenha mais de uma dezena de espécies diferentes; quase sempre são apenas quatro ou cinco, e, às vezes, menos. Em compensação, nas imagens que mostram a entrada (ou a saída) dos animais na Arca, vê-se um bestiário mais abundante e variado. Elas permitem também estudar as hierarquias no mundo animal: à frente, o urso ou o leão, seguido da caça maior (veado, javali), depois os animais domésticos; no fim da fila, os animais menores, os ratos e as serpentes.

Essas hierarquias são esclarecedoras em vários aspectos, pois evoluem ao longo do tempo. Na iconografia da alta Idade Média, ainda persistem dois reis dos animais: o urso e o leão, como ocorria nas tradições antigas. O urso era o rei dos animais para as sociedades germânicas e celtas, o leão, para as culturas bíblica e greco-romana. Na época feudal, o urso cedeu definitivamente a primazia ao leão e recuou um lugar (ou vários) no cortejo dos animais. No fim da Idade Média, ele era cada vez menos retratado na Arca; já não era o principal ou nem aparecia. Outros animais, porém, surgiram pela primeira vez ou se tornaram mais recorrentes, como o elefante, o camelo, o unicórnio e o dragão. O bestiário tornou-se mais exótico, mas a fronteira permaneceu imprecisa entre animais verdadeiros e animais quiméricos (e assim ficou até o século XVII). Além disso, o cavalo, por muito tempo ausente da Arca, fez uma aparição notável. Para a sensibilidade da época feudal, era mais do que um animal. Por isso, textos e imagens hesitavam em incluí-lo em um bestiário: seu lugar não era junto dos animais, mas dos homens. No final da Idade Média, essa consideração especial com o cavalo mostrou-se mais discreta; ele se tornou um animal como os outros e, assim, encontrou um lugar na Arca entre o leão, o veado e o javali. E de lá nunca mais saiu.

Na época moderna, o bestiário da Arca continuou a se diversificar. Progressivamente, surgiram outros animais exóticos: panteras, girafas, crocodilos, grandes macacos e até hipopótamos, ao passo que os monstros (dragões, unicórnios) e as criaturas híbridas, tão caras à cultura medieval, desapareceram pouco a pouco.

Na época contemporânea, esse bestiário cresceu; os animais domésticos cederam quase todo o espaço aos animais selvagens, e as espécies europeias recuaram em proveito das espécies africanas, americanas, asiáticas e até oceânicas. Nas Arcas de Noé que ilustram os livros infantis, já não é raro encontrar, além de tigres, rinocerontes ou crocodilos, cangurus e ornitorrincos. Conviria, aliás, estudar minuciosamente esse bestiário destinado ao jovem público europeu. Sua composição não é aleatória; a iconografia atual, como suas antecessoras da Idade Média, faz escolhas sempre de fundo ideológico. Reduzir os animais domésticos à mínima proporção, valorizar o tigre ou a onça, incluir na Arca a baleia ou o golfinho, privilegiar a fauna deste ou daquele continente, tudo isso contribuiu para forjar certa imagem pedagógica e cultural do mundo animal e suas relações econômicas, oníricas ou simbólicas com o homem.

Na história de Noé e sua Arca, dois animais têm papel mais importante do que os outros: o corvo e a pomba. São as duas únicas espécies que o Gênesis nomeia. Quando as águas do dilúvio começaram a baixar, Noé soltou um dos corvos que haviam embarcado com todos os outros animais e o mandou verificar quando seria possível sair da Arca. Mas o corvo não voltou: em vez de trazer a notícia da vazante, preferiu fartar-se com a carniça que boiava nas águas. Noé soltou então, duas vezes, uma pomba, que voltou trazendo no bico um galhinho de oliveira. Por esse sinal, Noé entendeu que as águas haviam baixado e que todos poderiam descer à terra firme. Quando a Arca encalhou no monte Ararat, os pares de animais puderam sair e começaram a se multiplicar. O corvo, que havia preferido devorar os cadáveres em vez de vir anunciar a boa-nova, foi amaldiçoado e tornou-se para os hebreus um pássaro impuro e mortífero (o que não ocorria entre os gregos e os romanos, e muito menos entre os celtas e os germanos). A pomba, ao contrário, foi louvada e santificada. Mais tarde, para a exegese cristã, seu retorno à Arca prefigurou a descida da pomba do Espírito Santo sobre os apóstolos no dia de Pentecostes.

Referências

ALLEN, D. C. *The legend of Noah*. Urbana, 1949.

BESSEYRE, M. "L'iconographie de l'arche de Noé du IIIe au XVe siècle". École Nationale des Chartes, *Positions des thèses*. Paris, 1997, p. 52-8.

PARROT, A. *Bible et archéologie. Déluge et arche de Noé*, Paris, 1970.

PASTOUREAU, M. "Nouveaux regards sur le monde animal à la fin du Moyen Âge". In: PARAVICINI, A. (ed.). *Il teatro della natura. The Theatre of Nature*, Louvain, 1996, p. 41-54.

O bestiário de Lascaux

(cerca de 17.000 a.C.)

Onde colocar, neste livro, um capítulo sobre a gruta de Lascaux e seu bestiário? Tive essa dúvida por muito tempo, sem saber como resolvê-la. O plano deste livro é cronológico, mas como situar os episódios narrados nos relatos bíblicos mais antigos e os eventos herdados da pré-história? Como a prioridade sempre foi dada à história cultural em relação à história factual, dediquei naturalmente o primeiro capítulo à serpente do Gênesis. Mas e depois? O bestiário de Lascaux deveria vir antes ou depois daquele da Arca de Noé? Antes, se seguirmos a lógica da história e da arqueologia: de fato, após o dilúvio, Noé passou a ser considerado inventor da cultura da vinha e da fabricação do vinho (chega a descobrir a embriaguez); ele e a família são, portanto, sedentários. Ora, na época das pinturas de Lascaux, os homens ainda eram nômades, e assim permaneceram por milênios. Logo, Lascaux vem antes de Noé. Mas existe aí, simbolicamente, algo que choca: a história do dilúvio e da Arca é, para a

Bíblia e a tradição exegética, uma segunda Criação, um segundo ponto de partida para a humanidade. Não colocar essa história logo depois do episódio do pecado original e da Queda é impossível, para não dizer absurdo.

O historiador das épocas antigas, fadado a levar em conta tanto os dados tangíveis da arqueologia como o testemunho mais impreciso, mas igualmente (ou mais) importante, dos mitos e das lendas, vê-se acuado nesse ponto diante de lógicas inconciliáveis. É forçado a decidir. Decidi: prioridade ao cultural, ao imaginário, ao simbólico, e, por isso, o bestiário da Arca vem antes do de Lascaux.

A gruta de Lascaux fica no alto de um morro que domina o vale da Vézère, perto da aldeia de Montignac, na Dordogne. Desde 1963 está fechada à visita, e os apreciadores da arte parietal têm de se contentar com o simulacro em tamanho natural que foi instalado ao lado. A caverna foi descoberta casualmente por um cão e algumas crianças quase 25 anos antes, em setembro de 1940; mas 23 anos de visitação constante chegaram a afetar certas pinturas e tornaram necessário proibir a entrada do público. Tratava-se de proteger um patrimônio artístico incomparável, de grande unidade temática e estilística, apesar da diversidade de técnicas utilizadas: pinturas, gravuras, pinturas com contornos gravados, simples desenhos traçados.

O material arqueológico permite datar o conjunto como sendo do início da época Magdaleniana, aproximadamente 17 mil anos antes da nossa era, mas é provável que a realização de toda a obra tenha se estendido por mais tempo. Os especialistas divergem, porém, quanto a essas diferentes etapas e quanto à ligação entre a decoração de Lascaux e a de outras grutas a alguns quilômetros dali (Niaux, Fontanet, Gabillou).

O bestiário de Lascaux é fecundo: mais de quinhentos animais, dos quais a metade é de cavalos. Mesmo assim, estes são menos impressionantes do que os bisões bicolores, os veados da Absida, a "vaca negra" da Bef e, sobretudo, os grandes auroques pintados na Rotunda. O maior deles mede mais de cinco metros. Impressionante também é a cena de caça representada abaixo da rede de pinturas, numa galeria que se afunila e é chamada de "Poço". A cena mostra o confronto de um homem com um enorme bisão. O homem está caído, parece apavorado, com o sexo ereto, os dedos da mão afastados, a cabeça em forma de pássaro. O bisão que acaba de derrubá-lo tem os pelos das costas eriçados, a cabeça voltada para baixo, os chifres ameaçadores. Mas está ferido: a azagaia do caçador perfurou-lhe o ventre, e suas entranhas estão à mostra. De costas para tal cena, única na arte parietal, um rinoceronte parece fugir, enquanto um pássaro, pousado na ponta de uma vara (seria uma arma? Um emblema?), descansa no chão.

A gruta de Lascaux, situada em torno de um complexo de galerias e espaços mais vastos, deve ter sido um santuário de primeira importância. As figuras de animais são, por isso, predominantes. Mas há também muitos sinais geométricos, de vários tipos e difícil interpretação, que levaram os pesquisadores a pistas bem diversas. Alguns, delimitados em certo perímetro e colocados em lugares bem específicos, receberam o nome de "brasões"; outros, feitos em pontilhado, em ângulos mais ou menos definidos ou em simples linhas, aparecem mais dispersos; alguns estão diretamente associados às representações animais.

O bestiário de Lascaux não é o mais antigo nem o descoberto há mais tempo da arte parietal. Cerca de 30 mil anos nos separam dos primeiros artistas que decoraram com animais as paredes das grutas que costumavam frequentar; compreender hoje o que eles quiseram expressar é para nós quase impossível. Quando, em 1875, foi descoberta a gruta de Altamira, na Espanha (província de Santander), com seus admiráveis bisões e javalis, muitos arqueólogos de grande competência contestaram a autenticidade do achado em razão de tamanha beleza lhes parecer incompatível com o que se imaginava então dos homens pré-históricos: "primitivos", sem cultura, incapazes de expressar sentimentos e representar qualquer coisa. Hoje, nossos conhecimentos se ampliaram e se transformaram, embora persistam alguns enigmas. Se ninguém mais acredita que as pinturas parietais tinham função meramente decorativa (a arte pela arte, como se pensava ingenuamente no século XIX) ou constituíam uma "fotografia" da vida social e material, muitos especialistas também não veem nelas significados mágicos, totêmicos ou xamânicos, interpretações que em certo momento tiveram ardentes adeptos e têm ainda, até hoje, entre os pré-historiadores mais midiáticos, os que infelizmente atingem o grande público. Em compensação, é inegável que o significado desses animais e dos numerosos sinais que os acompanham seja de ordem simbólica e se apoie em certo número de "códigos". Estes variam muitíssimo no tempo e no espaço e impedem qualquer generalização. Não pode haver uma interpretação global do bestiário da arte paleolítica. Os temas variam de uma época para outra, de uma região para outra, de uma gruta para outra. As distribuições e as orientações, as associações e as oposições, as justaposições e as superposições de temas e motivos diferem consideravelmente segundo os lugares e as épocas. É impossível generalizar ou ter certezas. Principalmente porque, na área dos estudos pré-históricos, os saberes e as hipóteses evoluem com rapidez. Novas descobertas, novas datações, novas técnicas de investigação abrem a via para novas problemáticas e pesquisas.

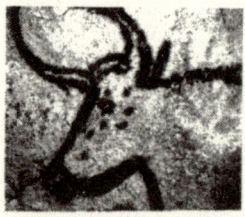

Cabeça do grande auroque da "Rotunda"
da gruta de Lascaux.

Por enquanto, é possível destacar alguns índices de frequência nesse bestiário. Os dois animais representados com maior frequência são o cavalo e o bisão. A seguir vêm o veado, o auroque, o bode selvagem, a rena e o mamute. O urso, o rinoceronte, os felinos, os pássaros e os peixes são mais raros. E mais raros ainda são o lobo, o gamo, o cabrito-montês, o alce, as serpentes e os insetos, que só aparecem em um ou outro lugar. Mas essa estimativa global só tem sentido se completada por outras mais apuradas do ponto de vista cronológico, geográfico e tipológico. Essas estão por vir.

Referências

ARCHAMBAULT DE BEAUNE, S. *Les hommes au temps de Lascaux (40.000--10.000 a.C.)*. Paris, 1995.

LEROI-GOURHAN, A. (org.) *Dictionnaire de la préhistoire*. 2. ed. Paris, 1994.

_____. *Préhistoire de l'art occidental*. 2. ed. rev. por B. e G. Delluc. Paris, 1995.

VIALOU, D. *L'art des grottes*, Paris, 1998.

O Minotauro
(mitologia grega)

O Minotauro, monstro semi-homem, semitouro, fruto dos amores antinaturais da rainha Pasífae com um vigoroso touro branco, é o mais célebre "animal" da mitologia grega. Sua história foi contada por muitos autores e deu origem a versões um pouco divergentes. Sigo aqui a versão "clássica" de Ovídio, em suas *Metamorfoses*, transmitida por ele à cultura medieval e às compilações modernas.

Tudo começa com a ninfa Europa, filha de um rei da Fenícia, tão bela que o próprio Zeus, soberano dos deuses e dos homens, se apaixonou por ela. Certo dia, quando a jovem passeava perto de Tiro com algumas amigas, viu no meio dos rebanhos de seu pai um magnífico touro branco, de pelo imaculado e olhar muito suave, que ela nunca vira antes. Aproximou-se, fez-lhe uma carícia, respirou seu hálito que cheirava a açafrão. O animal deitou-se a seus pés para que ela pudesse sentar-se no seu lombo, o que ela fez. Imediatamente o touro se ergueu, correu para o mar e nadou até a ilha de Creta. Lá Zeus, que havia assumido a forma de touro para raptar a beldade, retomou seu aspecto habitual e uniu-se a ela sob um imenso plátano. Dessa união e das seguintes nasceram três filhos: Minos, Sarpédon e Radamanto. Depois, Zeus ofereceu Europa em casamento ao rei da ilha, Astérion, e este, que não tinha filhos, adotou os da jovem esposa. Bem mais tarde, quando Europa morreu, Zeus a transformou em constelação e a elevou à categoria de divindade.

Quando Astérion morreu, Minos reivindicou o trono de Creta. Para provar a seus dois irmãos que os deuses o haviam escolhido, anunciou que Poseidon, deus dos mares e dos oceanos, faria, a seu pedido, sair das ondas um touro branco, de beleza incomparável e tamanho gigantesco. Acrescentou que entregaria o animal ao deus protetor sob a forma de um sacrifício. Poseidon enviou o touro, Sarpédon e Radamanto inclinaram-se diante da vontade divina, e Minos tornou-se rei de Creta. Foi, aliás, um bom rei, trazendo ao povo da ilha justiça e prosperidade, dotando o reino de leis tão justas e sólidas que foram copiadas por outros países. Mas Minos esqueceu a promessa feita a Poseidon. Guardou para si o esplêndido touro e o fechou em seus estábulos para que tivesse descendência.

A cólera de Poseidon foi imensa. Para se vingar, inspirou em Pasífae, mulher de Minos, uma paixão desvairada pelo touro roubado. Vítima de um desejo irreprimível, a rainha uniu-se ao animal, fechada num manequim de madeira em forma de vaca, e meses depois pariu um ser monstruoso, com corpo de homem e cabeça de touro: o Minotauro. Para esconder a vergonha que se abatera sobre sua família e evitar aos súditos e visitantes o encontro com uma criatura tão terrificante, Minos mandou o hábil arquiteto Dédalo, que se encontrava então em Creta, construir um palácio bem tortuoso para que quem ali entrasse não conseguisse sair: o Labirinto. O Minotauro foi fechado no centro desse palácio repleto de salas interligadas e de corredores confusos; a partir de então, ninguém mais o viu. Minos não repudiou Pasífae, mas a abandonou e teve muitas aventuras amorosas. Por vingança, a rainha rogou uma praga sobre o leito conjugal: cada vez que uma amante lá se deitasse, teria o corpo devorado por serpentes e escorpiões.

O nascimento do Minotauro e as brigas do casal real não conseguiram apaziguar a cólera de Poseidon. O deus transformou seu esplêndido touro branco, o pai do monstro, em uma fera incontrolável que aterrorizou os habitantes de Creta por muitos anos. Por fim, Hércules, filho de Zeus e da mortal Alcmena, foi enviado para dominar a fera, roubá-la e carregá-la às costas até a Argólida. Foi o sétimo dos seus célebres "doze trabalhos". Na

Grécia, o touro furioso continuou seus ataques e chegou a matar o filho de Minos, Androgeu, que os atenienses traiçoeiramente haviam mandado lutar com o animal. Isso provocou uma guerra entre Minos e Egeu, rei de Atenas. Este foi vencido, e Minos exigiu como tributo que, de sete em sete anos, Atenas lhe entregasse sete rapazes e sete moças a serem devorados pelo Minotauro, que continuava preso no Labirinto. Egeu teve de aceitar essas terríveis condições para não ver sua cidade destruída pelos cretenses.

Na terceira vez que um contingente de vítimas foi enviado, Teseu, filho de Egeu, pediu para ser um dos jovens a serem sacrificados em Creta. Confiante em seus feitos anteriores, contava vencer o monstro e assim livrar Atenas de tal servidão. Ao se despedir do pai e embarcar num navio com sinistro velame negro, prometeu-lhe que, se vencesse, voltaria num barco de velas brancas, sinal de alegria e de vitória. Em Creta, Teseu conseguiu uma ajuda inesperada: a de Ariadne, filha de Minos e Pasífae, que se apaixonou loucamente por ele. A jovem descreveu ao herói grego o famoso Labirinto e deu-lhe um enorme novelo de linha para que fosse desenrolando-o desde a entrada; isso o ajudaria a encontrar a saída depois de derrotar o monstro. Em troca dessa cumplicidade, Teseu prometeu a Ariadne levá-la para a Grécia e casar-se com ela.

Teseu matando o Minotauro
Ânfora ática, século V a.C., Roma, Museu das Termas.

Tudo aconteceu como previsto. Teseu desenrolou o fio, lutou com o Minotauro, que estava meio sonolento, venceu-o com facilidade e, graças ao estratagema de Ariadne, encontrou o caminho para sair do Labirinto. Embarcou no navio que o trouxera, mas, ao fazer escala na ilha de Naxos, nas Cíclades, lá deixou Ariadne, que ele não desejava desposar. Comovido com o sofrimento da jovem, o deus Dionísio — que, segundo certas versões da lenda, ordenara a Teseu que a deixasse em Naxos — consolou-a, casou-se com ela, cumulou-a de presentes e a levou com ele para o Olimpo. Enquanto isso, Teseu navegava para Atenas; mas, alegre, inebriado pela glória obtida, esqueceu-se de trocar as velas do navio, e foram velas negras que Egeu avistou da terra. Julgando que o filho morrera, louco de dor, atirou-se no mar e ninguém mais o viu. Teseu foi seu sucessor no trono de Atenas.

Em Creta, Minos soube ao mesmo tempo da morte do Minotauro e da traição da filha. Compreendeu também que o ardil de Ariadne para fazer Teseu sair do Labirinto e o de Pasífae para se unir ao touro tinham sido sugeridos pelo esperto Dédalo. Furioso, mandou prender o arquiteto e seu filho Ícaro no Labirinto, no lugar do monstro. Mas Dédalo conseguiu fabricar dois pares de asas que permitiram aos prisioneiros fugir voando. Imprudente, Ícaro, quando se viu livre, quis subir muito alto, qual um pássaro. O sol derreteu a cera que lhe prendia as asas ao corpo, e ele caiu no mar. Dédalo fugiu para a Sicília, onde Minos tentou ir matá-lo. Não conseguiu. Foi Minos quem teve uma morte horrível, jogado numa banheira cheia de água fervendo pelas filhas do rei Cócalo, protetor de Dédalo.

O grande touro selvagem, a que se dá o nome de auroque, é um dos animais mais representados na pintura parietal do Paleolítico. Já era símbolo de força e fertilidade, objeto de admiração e reverência. Seu culto, sob formas variadas, atravessou milênios. Sem dúvida, a história do Minotauro e dos mitos que a acompanham é reminiscência desses cultos taurinos pré e proto-históricos. É indício do papel que eles desempenharam em Creta na época minoica (II milênio a.C.). O próprio Labirinto é uma imagem deformada dos palácios gigantescos construídos naqueles tempos e que a arqueologia vem descobrindo.

O mais antigo touro divinizado que os documentos indicam é o deus sumério Enlil, instrumento privilegiado das relações entre o céu e a terra, ao qual muitos touros já foram oferecidos em sacrifício, no fim do IV milênio a.C. Na Babilônia, o deus Anu, metade homem, metade touro, é cultuado de modo semelhante. Por toda a antiga Mesopotâmia, o touro encarna um duplo princípio de vigor e prosperidade. Sacrificar o animal satisfaz duas funções: para o rei e o guerreiro, significa investir-se da força inesgotável do touro; para o camponês, equivale a reunir as virtudes fertilizantes do animal para obter colheitas abundantes. Esse touro fértil é o mesmo que se encontra na Índia ocidental desde a mais remota Antiguidade. Por causa dos chifres, ele tem ligações privilegiadas com a tempestade (símbolo primeiro da fecundidade). Não o castram — o que o privaria de muitos dos seus poderes —, mas ele é domesticado para que lavre os campos com o arado preso diretamente nos chifres. E, ao morrer, seu couro serve de veste para as mulheres estéreis, que ficam, assim, curadas desse mal. A Índia é, até hoje, o país dos bovinos sagrados.

No Egito, o touro é princípio vital e atributo de poder: os reis o matam e comem para ganhar mais vigor. Mais do que a simples ideia de fecundação, há no touro egípcio a noção de força e sexualidade. As duas dimensões estão estreitamente unidas, como no culto do boi Ápis, instrumento de prosperidade e expressão mais completa da divindade egípcia revestida da forma animal. Ápis é visto como gerado por uma novilha virgem, fecundada pelo fogo celeste. É o protetor das inundações benéficas do Nilo.

Quase todos os povos da Ásia Menor e do Oriente Médio mediterrâneo também viram no touro uma figura divina, fonte de força e fertilidade. Os fenícios, como homenagem, dedicaram-lhe a primeira letra do seu alfabeto, da qual deriva o nosso "a" latino: na origem, esse "a" é uma cabeça de touro estilizada e, provavelmente, a imagem de um grande deus taurino. Outros povos também adoraram deuses-touros (hititas, cananeus), sobretudo os seguidores — pertencentes a várias etnias — do deus Baal. A Bíblia mostra como até os hebreus ficaram muitas vezes seduzidos pelo culto idolátrico dessa divindade pagã, e como seus chefes ou profetas (Moisés, Elias, Oseias) tiveram de chamá-los severamente à justa lei.

Não foi, porém, no Oriente Médio continental que a antiga "tourolatria" apresentou as manifestações mais intensas, mas em Creta. Durante muito tempo, a ilha viveu sob o reinado do sol e do touro, ambos ligados a uma religião da fecundidade. Mais do que em outros lugares, uma atenção especial parece ter sido dada aos chifres desse animal; neles estaria concentrado o máximo vigor fertilizante: o ato de conseguir tocá-los, ou melhor, dominá-los traria força e abundância. Por isso, em Creta, surgiram dois temas de grande sucesso: o capacete com chifres taurinos e a cornucópia da abundância. Lendas, textos e documentos arqueológicos da época minoica trazem a lembrança de rituais cretenses cuja função era transferir aos reis, homens, campos e gado todo o potencial vital e fecundante do deus-touro: sacrifícios e banquetes, caçadas e corridas taurinas, coito iniciático entre o rei da ilha fantasiado de touro e a rainha fantasiada de vaca. Muitas lendas, como as de Europa, Minos, Pasífae e do Minotauro, acompanharam progressivamente esses ritos.

Bem cedo, tais lendas passaram para a Grécia, onde se fundiram com outras tradições. A façanha de Teseu, vencedor do Minotauro, consagrou definitivamente a vitória sobre um touro como teste supremo do heroísmo e da virilidade no mundo grego. Por sua vez, Jasão e Hércules enfrentaram e dominaram touros: o primeiro, antes de roubar o Velocino de Ouro, quando subjugou os touros monstruosos de Hefaístos; o segundo, como vimos, na sua sétima proeza, quando trouxe de volta à Grécia o touro furioso de Poseidon que devastava Creta.

Também em Roma o touro foi relacionado desde cedo à fertilidade, à virilidade, à guerra e à vitória. O deus Marte primitivo era sem dúvida um deus taurino, parecido com os do Oriente Médio. Mas foi sobretudo o culto de Mitra, o mitraísmo, que desenvolveu, a partir do século I de nossa era, os cultos taurinos no mundo romano.

Referências

CONRAD, J. R. *The Horn and the Sword. The History of the bull as symbol of power and fertility*. Nova York, 1957.

OVÍDIO. *Metamorfoses*, livro VIII, p. 169-73.

PASTOUREAU, M. "Introduction à l'histoire symbolique du taureau". *Couleurs, images, symboles. Études d'histoire et d'anthropologie*. Paris, 1986, p. 221-36.

PLUTARCO. *Vida dos homens ilustres, Teseu*, 15.

WILLETTS, R. F. *Cretan Cults and Festivals*. Londres, 1954.

ZERVOS, C. *La vie quotidienne en Crète au temps de Minos (1500 a.C.)*. Paris, 1973.

O cavalo de Troia
(mitologia grega)

A narrativa da *Ilíada* começa com os gregos tentando, durante quase dez anos, sitiar Troia, grande cidade em pleno apogeu na Ásia Menor. O exército de 100 mil soldados, levados à Trôade em mais de 1.200 navios, era comandado por Agamêmnon, irmão de Menelau, rei de Esparta. A mulher desse rei, a bela Helena, fora raptada por Páris, filho de Príamo, rei de Troia, e esse rapto foi a causa da guerra. Ela ocorreu sob o olhar, e, às vezes, a conivência ou participação, de várias divindades do Olimpo. Do lado dos troianos encontravam-se Ares, deus da guerra, e Afrodite, a quem outrora Páris, em seu célebre "julgamento", ofereceu a maçã que designava a mais bela das deusas; em agradecimento, Afrodite deu-lhe o amor da bela Helena. Do lado dos gregos, havia mais deuses: Poseidon, deus dos mares e oceanos, Hefaístos, deus do fogo e dos metais, Apolo, deus do sol e da luz, Hera, esposa de Zeus, e até Atena, deusa da sabedoria e da razão, que nesse conflito mostrou-se volúvel: no início, protegeu Troia, mais tarde tomou o partido dos gregos.

Homero começa sua narrativa contando a querela, sob os muros de Troia, que opõe Agamêmnon a Aquiles, o mais valente dos guerreiros gregos. Depois, fala da morte de Pátroclo, primo e amigo inseparável de Aquiles, morto por Heitor, filho primogênito de Príamo. Descreve em seguida a dor e a cólera de Aquiles, seu combate contra Heitor, a morte e o esplêndido funeral deste e, por fim, a tristeza do velho Príamo (que verá morrer quase todos os seus filhos), que vai reclamar a Aquiles o corpo do filho, o que consegue em troca de um enorme resgate. Aí termina a *Ilíada*, mas não o cerco de Troia. O fim desse cerco é narrado por tradições posteriores à época de Homero e por certas passagens da *Odisseia*, outro poema homérico que relata as aventuras de Ulisses após a queda de Troia.

Fica-se assim sabendo que Páris morreu ferido por uma flecha atirada por um arco que pertencera a Hércules. Menelau sente imenso prazer em profanar o cadáver do rival. Em Troia, Helena é cobiçada por dois irmãos de Páris: Heleno e Deífobo. Após uma competição destinada a escolher o mais valente, Deífobo recebe a jovem mulher, o que provoca imensa cólera em Heleno, que deixa Troia e passa para o campo dos gregos. Ajuda-os a conquistar o Paládio, estátua de madeira que representava a deusa Palas Atena e tinha o poder de proteger a cidade que a possuísse. Até então, protegia Troia, mas doravante seria o contrário. Depois Heleno, que possuía dons proféticos, aconselhou os gregos a construir um gigantesco cavalo de madeira no bojo do qual poderiam ficar os guerreiros, o que ajudaria a entra sorrateiramente na cidade. Assim foi feito.

No cavalo, ficou escondida a elite dos guerreiros gregos, enquanto o resto do exército se retirava para o mar, fingindo fugir e abandonando o cavalo na praia. Nesse ínterim, Sínon, primo de Ulisses, tão esperto quanto ele, deixou-se prender pelos troianos e fez pretensas confissões: explicou que o cavalo era uma oferenda dos gregos a Atena para conquistar a vitória; se, por infelicidade, os troianos se apossassem do cavalo, os gregos não conseguiriam levá-lo.

Apesar dos avisos de Cassandra, filha de Príamo, também ela dotada de virtudes proféticas, mas sem o poder de se fazer ouvir, os chefes troianos introduziram, com grande pompa, o cavalo na cidade e se julgaram vitoriosos. Festejaram e foram descansar. À noite, os guerreiros gregos saíram dos flancos do animal e abriram as portas da cidade, por onde entrou todo o exército grego. Os troianos foram surpreendidos enquanto dormiam, as casas, incendiadas, Príamo e os filhos sobreviventes, massacrados, e o próprio Menelau assassinou Deífobo. Então ele encontrou Helena e, subjugado por sua imensa beleza, perdoou-a e decidiu levá-la de volta a Esparta. Os vencedores dividiram entre si as riquezas e os cativos. Agamêmnon recebeu Cassandra, por quem se apaixonara. Pirro, que matou Príamo, obteve Andrômaca, a viúva de Heitor. A velha rainha Hécuba coube a Ulisses, que não a quis e mandou que seus soldados a assassinassem.

Depois de derrotar e destruir Troia, os gregos quiseram voltar à sua terra. Mas muitos não conseguiram. Grande parte da frota ficou destroçada pelos recifes no litoral da ilha de Eubeia. Entre os principais heróis, só Diomedes voltou sem dificuldade, e Menelau, depois de muitas peripécias, conseguiu desembarcar em Esparta com Helena. Agamêmnon, que ficara em Troia mais tempo do que os outros, conseguiu chegar à pátria, mas foi assassinado por sua mulher Clitemnestra e seu amante, Egisto. Ulisses, separado do resto da frota grega por uma tempestade, vagou por mares e continentes durante dez anos antes de reencontrar seu reino de Ítaca e sua esposa Penélope. As aventuras de seu retorno são o tema da *Odisseia*. Entre os heróis troianos, o único sobrevivente foi Eneias, filho de Afrodite e genro de Príamo. Ao fugir de Troia com seu pai Anquises e seu filho Ascânio, Eneias partiu para Cartago, onde ficou algum tempo perto de Dido; depois vogou para a Itália e se estabeleceu no Lácio, onde seus descendentes fundaram Roma. Seu périplo é o tema da *Eneida*, em cujo canto II

Virgílio, na esteira de muitos autores, conta o episódio do cavalo de Troia e a conquista da cidade.

O lendário cerco de Troia é o evento mais considerável da história da Grécia primitiva. Reflete as incessantes guerras que ocorreram nas épocas arcaicas entre os povos da própria Grécia e os "bárbaros" da Ásia Menor. Atesta também, de modo indireto, o lugar eminente do cavalo entre os gregos. É o verdadeiro herói do cerco, pois, graças a ele, a cidade foi invadida.

Na época dos eventos históricos que deram origem às narrativas mitológicas e às criações poéticas que celebram a guerra de Troia — cerca de 1300-1200 a.C. —, talvez os gregos já conhecessem o uso do cavalo de guerra, o que não era o caso dos seus vizinhos do Oriente Médio e dos egípcios. Mas tratava-se de cavalos atrelados aos carros, e não de legítimos cavaleiros combatendo a cavalo, como já faziam, nas estepes do Norte e do Leste, populações nômades provenientes da Ásia Central. Para tal, na Grécia, foi preciso esperar ainda muitos séculos, quase um milênio. Aliás, os carros serviam mais para corrida do que para guerra. O canto XXIII da *Ilíada* descreve as corridas que Aquiles organizava no vale de Troia em honra de seu amigo Pátroclo. Cinco dos melhores condutores de carro participaram delas, entre os quais Aquiles e o rei Menelau, mas foi Diomedes o vencedor. O vencedor recebia como prêmio "uma mulher ágil no trabalho com lã e um grande tripé de bronze".

O cavalo de Troia
Gravura moderna segundo miniatura de um manuscrito napolitano do final do século XV.
Roma, Biblioteca Vaticana, Vat lat. 5699, fol. 36.

Mesmo que só o tenham montado tardiamente, os gregos da época arcaica admiravam o cavalo, no qual viam o mais belo e mais livre de todos os animais, atributo dos deuses, símbolo do movimento perfeito e, como tal, imagem do ritmo e da música. Atribuíam-lhe inteligência e sentimentos semelhantes aos dos humanos e conferiam-lhe origem divina: o primeiro cavalo, chamado Arion (também nome de um grande músico, mais tarde), seria fruto da união de Poseidon com Deméter, e todos os seus descendentes foram consagrados ao deus do mar. Por isso, na mitologia grega, os cavalos sempre têm ligação com a água e as ondas em movimento. Puxam o carro do deus marinho através dos oceanos e, quando são alados como Pégaso, sobem voando pelos céus. O cavalo, criatura admirável e completa, pertence aos três mundos: o da terra, o dos ares e o das águas. Assim, é ele que conduz as almas dos mortos para a morada dos bem-aventurados.

Oferecer à deusa Atena um cavalo gigantesco, mesmo que de madeira, era, decerto, uma suntuosa dádiva. Embora desconfiassem daquele presente largado na praia, os troianos foram levados a admirá-lo e levá-lo para dentro dos muros da cidade. Curiosidade ou cobiça fatal.

Referências

EDWARDS, E. H. *Horses. Their Role in the History of Man*. Londres, 1987.

FAURE, P. *La Grèce au temps de la guerre de Troie*. Paris, 1994.

HUTTEN-CZAPSKI, M. von. *Die Geschichte des Pferdes*. Leipzig, 1985.

SCHNAPP-GOURBEILLON, A. *Lions, héros, masques. Les représentations de l'animal chez Homère*. Paris, 1981.

VIRGÍLIO. *Eneida*, livro II.

A jumenta de Balaão

(Números 22, 5 – 25, 25)

A história de Balaão, que mais parece uma fábula, está no Livro dos Números da Bíblia e acontece no momento em que os hebreus, depois de deixarem o Egito, se preparavam para sair do deserto no qual estavam há quase quarenta anos. Eles viviam nas estepes áridas do país dos moabitas, do outro lado do Jordão, e ainda não tinham chegado à Terra Prometida. Essa permanência se prolongou e preocupou Balac, o rei moabita, que temia aquele povo numeroso, vencedor de todos os obstáculos do deserto. Tentou expulsá-los do seu reino ou exterminá-los. Com esse intuito, decidiu mandar amaldiçoá-los por um renomado adivinho, Balaão, a fim de atrair sobre eles a cólera do céu e liquidá-los com mais facilidade. Convocado pelos emissários do rei, Balaão se recusou duas vezes a fazer o que lhe pediam. Mas, como Javé lhe apareceu e ordenou que se pusesse a caminho, Balaão aceitou a missão, montou em sua jumenta e partiu em direção à terra árida onde se encontravam os hebreus.

No caminho, num trecho pedregoso bastante estreito, a jumenta estacou de repente, apoiando os joelhos e as patas dianteiras no chão, como se estivesse se prostrando, e recusou-se a continuar. Furioso, Balaão bateu nela com seu bastão e a insultou. Ele não viu o anjo do Senhor que barrava o caminho com sua grande espada, mas a jumenta o viu. Finalmente, cansada de receber as injúrias e os golpes do dono, ela tomou a palavra e perguntou: "Por que me bateste três vezes? O que te fiz? Não sou a jumenta que te serve de cavalgadura desde a infância?". Espantado por ouvir o animal usar da palavra, Balaão parou de agredi-la e desceu para procurar o que a estava imobilizando e que tanto a transformou. Mas não viu nada, procurou em vão e decidiu continuar a espancá-la. O Senhor, então, abriu-lhe os olhos e, tal qual a jumenta, o adivinho avistou o anjo e se prostrou diante dele. Inspirado assim por Deus, Balaão continuou seu caminho e, chegando aos hebreus, em vez de amaldiçoá-los, abençoou-os por três vezes. Depois anunciou em dois oráculos que, da raça de Jacó, surgiria uma nova estrela. Enfim, fugindo da cólera de Balac, voltou em paz para casa.

Balaão e sua jumenta
Gravura anônima em madeira para a
Bíblia Grüninger, Estrasburgo, 1485.

Na Idade Média, a profecia de Balaão foi interpretada como o anúncio do nascimento do Messias, e o adivinho foi considerado o ancestral dos reis magos, ou, pelo menos, de um deles: Melquior. Em certas regiões, sobretudo nos países germânicos, tornou-se um personagem popular, muitas vezes introduzido nas imagens e nos dramas litúrgicos. O papel de Balaão na estrada de Moab não foi, porém, dos mais elogiosos: embora adivinho, ele não tinha visto o anjo nem entendido a intenção do Senhor, ao passo que a pobre jumenta, animal considerado bronco e pouco inteligente, tinha visto o que era preciso ver e ouvido o que era preciso ouvir. Mas o final do episódio revalorizava Balaão e permitia que fosse relacionado tipologicamente aos reis magos, guiados pela estrela de Belém.

O jumento é um animal que costuma aparecer nos textos bíblicos: para todos os povos que vivem na Palestina ou no Oriente Médio, ele serve de besta de carga e montaria, especialmente para as mulheres, as crianças e os velhos. É o animal doméstico por excelência. Possuir vários jumentos é sinal de certa riqueza, e o animal nem sempre é considerado negativamente: valoriza-se sua paciência, sobriedade e robustez. Ele passa em lugares onde o cavalo não passa e se torna útil em múltiplas ocasiões. Além disso, não custa caro mantê-lo, come qualquer planta e aguenta o calor melhor do que os outros animais de carga e tração. Mas, para os hebreus, o jumento é um animal impuro; é proibido comer-lhe a carne, oferecê-lo em sacrifício e atrelá-lo junto a um boi (Deuteronômio 22, 10). A cultura medieval herdou essa ambivalência simbólica bíblica. Mas, ao valorizar o cavalo, montaria nobre e guerreira, e até a mula, ela tendeu a depreciar o jumento. Já não seria o animal dos ricos, mas dos humildes, dos plebeus, dos criados. Exemplo perfeito encontra-se no *Dom Quixote* de Cervantes, sátira dos romances de cavalaria: o herói monta um cavalo, que tem nome, Rocinante, ao passo que seu criado Sancho deve contentar-se com um burro que nem nome tem.

À Bíblia não cabe o monopólio do tema do jumento mais inteligente do que o dono, nem do adivinho clarividente que nada vê. Eles aparecem na mitologia grega, em várias fábulas antigas e, sobretudo, nos contos e trovas da Idade Média, em que o simbolismo do jumento aparece como um dos mais ricos e complexos do mundo animal, em razão até da ambivalência que acaba de ser citada. Quando mal considerado, o jumento sempre remete a forças obscuras, subterrâneas, diabólicas. Vê-se como o Antigo Testamento o deprecia em várias ocasiões e como os produtos ou instrumentos que dele se retiram servem para fazer o mal: Sansão massacra mil filisteus com uma queixada de jumento (Juízes 15, 14-17), a qual, segundo certas tradições, já servira a Caim para matar Abel (Gênesis 4, 3-8). Para os padres, o jumento é símbolo de ignorância, estupidez, teimosia, preguiça e, sobretudo, lascívia. Servem-se dele como imagem do homem incapaz de elevar-se à esfera espiritual, escravo dos apetites carnais e dos instintos primários. Essa imagem se imporia ainda por muito tempo, especialmente na figura do asno de pelo ruivo que, no Egito antigo, já encarnava as forças do mal e, ainda no século XVIII, simbolizava a maldade, como se depreende na expressão então corrente "mau como um asno vermelho".

Mas o jumento antigo e medieval também pode ser bem considerado e significar humildade, trabalho, obediência e perseverança. Quase sempre é a fêmea que tem esse papel, como a de Balaão, ou então aquela que, conduzida por José, carrega no lombo Maria com o menino Jesus na fuga para o Egito. Veremos isso mais adiante, bem como o burro da Natividade e o do Domingo de Ramos.

Aliás, o jumento tem muito a ver com as histórias de metamorfoses. Apuleio, autor latino do século II, dedicou uma obra inteira a esse respeito: *O asno de ouro*. Esse tema já se encontra na mitologia grega, como mostra a história do rei Midas, cujas orelhas Apolo transformou em orelhas de burro, pois o rei havia preferido os sons da flauta de Pã à música apolínea do templo de Delfos (ou seja, a música sensual à música espiritual). As orelhas de burro, atributos da estupidez, atravessaram os séculos sob a forma do chapéu de burro e na imagem do asno músico segurando uma lira, incapaz de tocá-la. O tema da metamorfose do homem em burro está presente em vários textos medievais e da época moderna: em Shakespeare, na sua peça mais representada desde o século XVII, *Sonho de uma noite de verão* (metamorfose de Bottom em burro), e, mais adiante, no estranho conto de Perrault, *Peau d'âne* [Pele de asno].

Referências

ADOLPH, H. "The Ass and the Arp". *Speculum*, v. XXV, 1950, p. 49-57.

BATAILLARD, C. "Les ânes légendaires". *Mémoires de l'Académie de Caen*, 1873, p. 235-50.

DÉONNA, W. "Laus asini. L'âne, le serpent, l'eau et l'immortalité". *Revue belge de philologie et d'histoire*, v. 34, 1956, p. 5-46, 337-64, 623-58.

KIRSCHBAUM, E. "Der Prophet Balaam und die Anbetung der Weisen". *Römische Quartalschrift für Christliche Altertumskunde und Kirchengeschichte*, v. 49, 1954, p. 129-46.

A baleia de Jonas
(Jonas 1, 1-4, 11)

A história de Jonas é contada com humor em um dos últimos livros do Antigo Testamento, redigido em cerca de 400 a.C. É curta, recorre muito ao folclore e à mitologia e procura denunciar a excessiva importância dada aos profetas, que às vezes ensinam verdades nas quais nem eles acreditam. No entanto, a história termina de forma mais ou menos abrupta, deixando o leitor um pouco insatisfeito.

Jonas era profeta no país de Israel. Seu nome designa tanto o pombo como o homem inconstante, que se dirige sempre para onde não deve ir. Um dia, Deus pediu-lhe que fosse a Nínive, grande cidade às margens do rio Tigre, tão corrupta quanto Babilônia, para anunciar aos habitantes que eram malditos e seriam castigados por seus pecados. Jonas não tinha a mínima vontade de cumprir tão perigosa missão. Para escapar à ordem, deixou a Palestina e embarcou em Jafa num navio fenício que seguia para Tarsis, no longínquo Ocidente. É claro que estava consciente de sua desobediência, mas supunha que o poder de Javé se limitasse às fronteiras de Israel e que, no mar, pudesse escapar da sua cólera. Não poderia estar mais enganado. Enquanto dormia no fundo do porão, uma grande tempestade se formou. Os marinheiros se puseram a rezar, cada qual para o seu deus. Estranharam que Jonas não fizesse o mesmo e logo perceberam que, de todos os passageiros, fora ele quem atraíra para o barco a cólera divina. Jonas confessou então sua história, disse como desobedecera a Deus e pediu que o atirassem do navio como vítima expiatória para acalmar de uma só vez o céu, o vento e as vagas. Os marinheiros hesitaram, mas, como a tempestade não amainava, fizeram o que o profeta pedia: jogaram-no ao mar.

Ao ser atirado, porém, Jonas não caiu no mar, mas na goela de um peixe enorme. Chocado mas vivo, ficou três dias e três noites no ventre do animal, apavorado com o desfecho que o aguardava. Rezando sem parar, reconheceu sua grande culpa e suplicou a Deus que não o abandonasse: se saísse vivo das entranhas do monstro, prometeu oferecer ao Senhor um sacrifício e, como servo grato, cumprir todas as suas vontades. Deus teve piedade de Jonas: ordenou ao peixe que expelisse sua presa no litoral da Síria. De lá, sem demora, Jonas se dirigiu a Nínive para cumprir sua missão. Chegando à cidade, anunciou que ela seria destruída e que seus 120 mil habitantes receberiam um castigo incomparável. Sua mensagem foi entendida além do que ele pretendia. Os ninivitas também se arrependeram, o rei se despojou de suas vestes, cobriu-se com um velho saco rasgado, deitou-se nas cinzas, ordenou um jejum geral para todos os homens e animais. A cólera de Deus se dissipou: perdoou Nínive e não a destruiu.

Magoado com a clemência do Senhor, que ele não compreendia, e com medo de ser visto como falso profeta, Jonas saiu da cidade e armou sua tenda voltada para o Oriente. Mas o sol estava violento, e o profeta ficou com dor de cabeça. Mais uma vez Deus teve piedade dele: durante a noite, fez crescer um imenso rícino que trouxe sombra e frescor. Mas Jonas continuou a resmungar e a criticar as decisões divinas. O Sempiterno resolveu castigá-lo: fez que um verme poderoso roesse a árvore, e o profeta, na frágil tenda, ficou queimado pelos raios do sol. Mais uma vez, ele se arrependeu.

Bem cedo, a tradição associou à baleia, monstro desconhecido e temido, o enorme peixe em cujo ventre Jonas passou três dias e três noites. Os autores antigos e os padres sabiam que a baleia era gigantesca, que vivia no fundo dos mares, que sua cabeça assustava por ser tão feia, que lançava jatos de água que atravessavam a superfície das águas; mas ignoravam praticamente como era o seu corpo. Por isso, até o fim da Idade Média, nas imagens, a baleia de Jonas ora tem o aspecto de um peixe gigante, com cauda, escamas e guelras, ora o de um crocodilo, às vezes o de um dragão marinho ou de um hipopótamo. Tais imagens são numerosas porque desde cedo a exegese cristã estabeleceu um paralelo entre a história de Jonas e a de Cristo, morto na cruz, descido aos infernos e ressuscitado no terceiro dia. Essa interpretação era, aliás, a que já aparecia no evangelho de Mateus (12, 39-41). Logo, o que é destacado não é tanto a desobediência do profeta para com Deus, mas o modo como ele foi atirado na goela do monstro (associado ao inferno) e do qual saiu vivo ao fim de três dias. Por isso mesmo, a ênfase é posta não tanto no próprio Jonas — quase sempre representado nu e calvo, no estado de natureza das almas prestes a encontrarem Deus —, mas na baleia.

Para os bestiários medievais, essa enorme criatura marinha é uma figura do Diabo e se assemelha ao Leviatã de que fala a Bíblia. Explicam como a baleia se alimenta: quando sente fome, ela abre bem a enorme boca e exala um maravilhoso odor que atrai os outros peixes; quando muitos deles chegam e entram em sua boca, ela a fecha com violência e

Jonas atirado na boca do monstro marinho
Gravura anônima em madeira numa Bíblia parisiense,
Paris, N. Couteau para G. Le Bret, 1545.

os devora. Contam também como a baleia procura enganar os marinheiros sem rumo, espalhando areia no próprio dorso para dar a impressão de ser uma ilha. Julgando ter encontrado uma terra de refúgio, os náufragos se instalam sobre ela, acendem fogo e ficam à espera de socorro. O monstro então mergulha para o fundo do oceano e os arrasta para o abismo. Segundo os autores dos bestiários, essas ciladas cruéis são semelhantes às de Satã, que sempre procura seduzir ou atrair os homens para enganá-los e atirá-los no abismo infernal.

Contudo, alguns autores dos séculos XII e XIII, além de Aristóteles, indicam que, como todos os animais de grande porte, a baleia raramente copula e pouco procria. Eles lhe atribuem, portanto, costumes castos e recomendam a ingestão da carne de baleia para lutar contra as tentações da luxúria, o que acontece em certos mosteiros situados perto do litoral do mar do Norte.

Referências

BENEDEIT. *Le Voyage de saint Brendan*. Munique: E. Ruhe, 1977*.

FEUILLET, A. "Les sources du livre de Jonas". *Revue biblique*, 1947, p. 27-42.

MALAXECHEVARRIA, I. "La baleine". *Circé. Cahiers de recherches sur l'imaginaire*, v. 12-13 (Le bestiaire), 1982, p. 37-50.

_____. *Navigatio sancti Brendani abbatis*. Notre Dame, EUA: C. Selmer, 1959.

---

* *A viagem de São Brandão*, Lisboa, Assírio & Alvim, 2005. (N.E.)

A loba romana
(século VIII a.C.)

Os romanos sempre tiveram imensa curiosidade quanto à origem de sua cidade. Durante séculos, várias tradições apareceram, mas a partir da época de Augusto são reconhecidas as versões de Virgílio, em seu poema épico *Eneida*, e de Tito Lívio, em sua *História Romana* ("desde a fundação da cidade").

Elas contam como Eneias (filho da deusa Vênus) fugiu de Troia, sua pátria, após a conquista da cidade pelos gregos e, depois de inúmeras aventuras, conseguiu desembarcar na Itália, perto da foz do Tibre. Foi lá que seu filho Ascânio fundou uma cidade, Alba Longa. Descendentes de Ascânio e dos reis albanos, os gêmeos Rômulo e Remo eram filhos de uma belíssima jovem, Rhea Sílvia, cujo pai, Numitor, reinava pacificamente em Alba. Mas, logo depois do nascimento deles, o avô, Numitor, foi destronado pelo próprio irmão, Amúlio, que há muito desejava sucedê-lo: Numitor tinha apenas Rhea Sílvia como filha, que, por ser vestal, era destinada à virgindade. Amúlio deveria ter-se tornado rei, mas a sobrinha Rhea Sílvia era amada pelo deus Marte; dessa união nasceram dois filhos destinados à sucessão do trono. Amúlio destituiu, portanto, o irmão, mandou enterrar viva a pobre Rhea Sílvia e ordenou que os gêmeos fossem postos numa cesta de vime nas águas do Tibre, que acabava de transbordar, para que perecessem.

O Tibre teve pena dos meninos: levou-os até o monte Palatino e deixou-os num lugar seco sob uma figueira silvestre (que recebeu o nome de Ruminal). Lá, uma loba enviada por Marte veio alimentá-los com seu leite. Mais tarde, uma águia gigantesca também lhes trouxe comida. Mais tarde ainda, um pastor chamado Fáustulo os encontrou e levou para sua cabana, onde sua mulher os criou como jovens pastores. Adultos, ficaram sabendo do segredo de seu nascimento, expulsaram e mataram o usurpador Amúlio, restabeleceram o avô Numitor no trono de Alba e dele obtiveram, não longe do lugar onde o Tibre os salvara, um território para lá fundar uma cidade.

Foi então que os dois irmãos se desentenderam. Remo queria fundar a cidade no monte Aventino; Rômulo preferia as escarpas rochosas do monte Palatino, perto do lugar onde o rio os deixara e a loba os amamentara. Consultaram os deuses, segundo o costume dos augúrios etruscos: ao olhar para o céu em busca de um sinal divino, viram pássaros voando, seis para o lado do Aventino, doze para o lado do Palatino. Os deuses tinham decidido por Rômulo. Mas quando este, com a ajuda de um arado atrelado a uma vaca e um touro, foi demarcar o perímetro da futura cidade, Remo, enciumado, ultrapassou num salto o valo sagrado, desfeiteando o irmão. Furioso, Rômulo matou Remo e fundou sozinho a cidade, à qual deu seu nome. Segundo a tradição, ele teria gritado, ao punir o irmão: "assim pereça no futuro quem atravessar este sulco".

Roma, cuja data de fundação foi tradicionalmente fixada em 753 a.C., foi construída numa terra banhada pelo sangue fratricida. Mas a loba e a águia

A loba amamentando Rômulo e Remo; a morte de Remo.
Gravura anônima em madeira em uma impressão
de l'*Historia romana ab urbe condita*, de Tito Lívio,
Bale, 1520.

desde cedo foram consideradas os animais protetores da cidade. Serviram-lhe de emblema e, sob a República e o Império, foram representadas em suportes de todo tipo. Sobretudo a loba apareceu no verso de várias moedas e em muitos monumentos.

Além disso, recebia um culto: todo ano, quinze dias antes das calendas de março, festejavam-se as Lupercais, que associavam numa mesma cerimônia o deus Luperco (antigo deus das colheitas e dos rebanhos) e a loba (divinizada como *Dea Luperca*), para trazer prosperidade e fecundidade à cidade. Diante da gruta Lupercal, santuário aberto nos flancos do monte Palatino, onde se acreditava que Rômulo e Remo teriam sido amamentados, imolavam-se cabras ou bodes, enquanto vestais ofereciam no altar um bolo feito de espigas de trigo do verão anterior. Depois, no Palatino, havia a corrida dos lupercos: cobertos com o couro das cabras imoladas, jovens corriam para todos os lados e flagelavam todas as pessoas que encontrassem, sobretudo as mulheres, para torná-las fecundas. Esse ritual agrário degenerava muitas vezes em orgia sexual e teve de ser regulamentado muitas vezes. Só foi suprimido no século v de nossa era, pelo papa Gelásio.

Rômulo não recebeu culto semelhante, nem uma iconografia tão rica; mas, aos poucos, foi associado ao deus Quirino, antiga divindade guerreira que pertencia aos sabinos. Já para os antigos romanos, a parte oriental do Palatino, onde ocorreu a história dos gêmeos e da loba, tornou-se território sagrado. A cabana de Fáustulo foi conservada com o máximo cuidado, bem como a figueira Ruminal. Quando mostrou sinais de envelhecimento, sob o reinado de Tarquínio, o Velho, ela foi transplantada para o fórum.

A crítica positivista moderna e as escavações arqueológicas sempre rejeitaram essas tradições e afirmaram que os primeiros habitantes de Roma eram, sem dúvida, pastores vindos das aldeias latinas e sabinas das redondezas; viviam em cabanas de madeira e de caniços e levavam os rebanhos para pastar nas encostas das sete colinas. Roma permaneceu por muito tempo um lugarejo pouco mais importante do que seus vizinhos, contra os quais precisou defender-se antes de se aliar a eles, passando depois à ofensiva, no século v a.C., e começando a conquistar o mundo.

Certos estudiosos sustentam que a loba romana tenha sido, na origem, uma divindade sabina ou etrusca. Outros afirmaram que a célebre estátua de bronze, conservada hoje no museu do Capitólio e representando uma loba de tamanho pouco maior do que o natural, era de origem grega ou etrusca (além disso mostraram, com razão, que os dois meninos colocados sob o ventre do animal só foram acrescentados no século XVI). Outros ainda destacaram que, no bestiário greco-romano, o simbolismo da loba não era muito elogioso (crueldade, sujeira, lubricidade), e que, em latim, a palavra *lupa* designava muitas vezes a prostituta; com efeito, *lupanar* é hoje, para nós, sinônimo de prostíbulo. Tudo isso é verdade, mas importa pouco. Para os habitantes da cidade, e depois do Império, a loba que amamenta, associada à lenda dos gêmeos, não é uma loba qualquer. É um animal sagrado cuja imagem, colocada tanto nos templos como nos túmulos, nos monumentos e nas moedas, representa uma figura protetora, que evoca a lembrança da fundação de Roma.

Referências

BLOCH, R. *Les origines de Rome*. Paris, 1994*.

CARCOPINO, J. "La louve du Capitole". *Bulletin de l'Association Guillaume Budé*, 1925.

DULIÈRE, C. *Lupa romana. Recherches d'iconographie et essai d'interprétation*. Bruxelas/Roma, 1971, 2 v.

POULET, J. *Les origines de Rome*. Bruxelas, 1985.

OVÍDIO. *Fastos*, II, 381-422.

TITO LÍVIO. *Histoire romaine*, livros I e X**.

VIRGÍLIO. *Eneida*, livro XII.

---

* *Origens de Roma*, Coleção História Mundi, Lisboa, Verbo, 1966. (N.E.)
** *História de Roma*, Belo Horizonte, Crisálida, 2008. (N.E.)

Os gansos do Capitólio
(390 a.C.)

Em Roma, Capitólio é o vasto local sagrado que contém o templo dedicado às três divindades protetoras da cidade: Júpiter, Juno e Minerva. Construído pelo rei Tarquínio, o Velho, na parte meridional do monte Capitolino (mais ou menos no lugar onde se encontra o atual palácio Caffarelli), esse templo é considerado o mais antigo da cidade e constituiu o centro do mundo romano. Continha riquezas consideráveis, sobretudo o butim e os tesouros tomados dos povos vencidos e oferecidos pelos generais vencedores à tríade capitolina. Sob o trono de Júpiter Optimus Maximus encontravam-se reservas de barras de ouro das quais se serviam em situações difíceis. Porém, a função do templo era antes de tudo religiosa, e muitas foram as ocasiões para agradecer aos deuses e oferecer sacrifícios no Capitólio. Inversamente, qualquer incêndio ou destruição parcial do templo era, para Roma, sinal de mau agouro.

Foi o que quase ocorreu em 390 a.C., quatro séculos depois da fundação da cidade. Roma, que vivia então sob o regime da República, havia estendido seu poder às cidades vizinhas e a uma grande parte da Itália. Mas, no norte, ela se defrontava com tribos celtas, instaladas na Gália cisalpina, de onde partiam para atacar a margem esquerda do Pó e até mais ao sul. No início do século IV da nossa era, algumas tribos gaulesas, turbulentas e habituadas ao saque, sob as ordens do chefe (mais ou menos lendário) Breno, avançaram até os confins do Lácio, tomaram a cidade de Clúsio, venceram os romanos perto do Ália, afluente do Tibre, e cercaram Roma. A situação parecia desesperadora: a cidade foi incendiada, e os moradores, horrorizados diante daqueles bárbaros cabeludos, vociferantes e seminus, procuraram refúgio no recinto sagrado do Capitólio.

Ao fim de semanas, os víveres começaram a faltar tanto do lado dos habitantes como do lado dos agressores. Dispostos a pôr fim à luta, os gauleses decidiram fazer um ataque surpresa ao Capitólio durante a noite e conseguiram, esgueirando-se por uma brecha aberta na muralha, a mesma por onde, horas antes, um romano chamado Camilo tinha conseguido escapar para buscar socorro. Ignorando essa fuga e confiantes na sua ação, os gauleses avançavam em perfeito silêncio na calada da noite. Mas seu plano falhou graças aos gansos sagrados, que, mais vigilantes do que os romanos, mais vigilantes até do que os cães que guardavam o Templo, ouviram os passos do inimigo e começaram a grasnar muito alto, acordando os moradores lá refugiados.

Travou-se a batalha, longa e indecisa; nenhum dos lados conseguiu sobrepujar o outro. Finalmente, mesmo antes da chegada de socorro, foi selada a paz: os gauleses aceitaram retirar-se em troca de um alto resgate, tirado dos tesouros do Capitólio. Segundo o relato de Tito Lívio, teria sido no momento de pesar os lingotes de ouro e os vasos preciosos que o chefe gaulês Breno, acusando os romanos de roubar no peso, teria atirado sua pesada espada num prato da balança dizendo a célebre frase: "Ai dos vencidos!" (*Vae victis*).

Célebres também se tornaram os gansos do Capitólio, que salvaram o Templo da pilhagem e da destruição, e os romanos do massacre. A presença de aves nos templos era comum entre os gregos e os romanos; muitas delas eram criadas para serem sacrificadas aos deuses, sobretudo os gansos, animais particularmente venerados pelos povos da Antiguidade, até mesmo pelos povos bárbaros, celtas e germanos. Todos os autores antigos que escreveram sobre os gansos destacam sua inteligência, vigilância e prudência. Ficam também encantados com seus rituais amorosos: a fêmea é fiel, mas o macho, muito ciumento, vigia sempre a companheira e não hesita em atacar outros machos que se aproximem demais. Os autores ainda sublinham a utilidade desses animais para prever o futuro. Assim como em relação a outras aves (sobretudo os corvos), é por meio do voo dos gansos (direção, rapidez, número) e do som de seus grasnidos (força, frequência, tom) que se sabe se os deuses estão favoráveis. A adivinhação faz parte integrante das religiões antigas, e as aves são consideradas mensageiras divinas. O termo latino *auspicium* (auspício) é, aliás, derivado da palavra *avis* (ave).

Em Roma, observam-se os gansos do Capitólio e as aves que entram casualmente no Templo. Os grasnidos daqueles e as direções tomadas por estas indicam se é preciso executar ou abandonar um projeto.

Em agradecimento, os gansos do Capitólio não foram sacrificados aos deuses, mas deixados morrer de morte natural no recinto sagrado, privilégio concedido a seus descendentes durante vários séculos. Já os cães, que haviam falhado em sua missão, foram punidos. Sua falta de atenção ainda acentuou a desconfiança que os romanos tiveram por muito tempo em relação à raça canina, impura e ingrata. Eis o que Eliano escreve a esse respeito no século II:

> Os cães, que tinham comido demais, pegaram no sono e não cumpriram seu dever de vigilância. Os gansos, ao contrário, despertaram com o seu clamor toda a guarda adormecida e salvaram a cidade. Por isso, ainda hoje, em Roma, os cães são simbolicamente punidos de morte a cada ano, ao passo que os gansos são venerados e levados solenemente em liteira por toda a cidade. (*Sobre a natureza dos animais*, XII, 33)

Referências

BLOCH, R. *La divination dans l'Antiquité*. Paris, 1984.

BOUCHE-LECLERCQ, A. *Histoire de la divination dans l'Antiquité*. Paris, 1879-1882, 4 v.

PLÍNIO, O VELHO. *Histoire naturelle*, X, 51.

PLUTARCO. *Camille*, XXVII.

Os elefantes de Aníbal
(218-202 a.C.)

A utilização dos elefantes de guerra é muito antiga entre os indianos, persas e egípcios, mas só no século IV a.C. é que os povos ocidentais viram-se diretamente confrontados por esses paquidermes equipados para luta. Primeiro, foram os soldados gregos e macedônios de Alexandre que tiveram de enfrentar os elefantes do rei persa Dario III (aproximadamente 336-330 a.C.). Em seguida, foram os romanos que, em 280 a.C., na batalha de Heracleia, defrontaram-se com os animais de Pirro, rei grego do Épiro e descendente afastado de Alexandre Magno. Pirro invadira a Itália meridional e ameaçava Roma; venceu, mas essa vitória custou tantas perdas que a expressão "vitória de Pirro" tornou-se proverbial. Aliás, os romanos conseguiram, em parte, assustar os enormes animais com tochas.

Entretanto, os elefantes de guerra mais célebres da Antiguidade não são os de Dario nem os de Pirro, mas os de Aníbal, destaques da segunda guerra púnica (218-202 a.C.). Os cartagineses já tinham o costume de usar os elefantes nas lutas contra os vizinhos pelo menos um século antes. A genialidade de Aníbal (247-183 a.C.), um dos maiores guerreiros de todos os tempos, foi levá-los para o outro lado do Mediterrâneo e utilizá-los adequadamente em várias batalhas.

Aníbal fora educado no ódio a Roma por seu pai, Amílcar, conquistador vitorioso da Espanha em 229-228 a.C. Foi de lá que, dez anos depois, seu filho empreendeu a marcha para a Itália. Levava consigo 40 mil homens e quarenta elefantes, que atravessaram o Ebro, os Pireneus, a Gália meridional e os Alpes. A passagem por essas montanhas, provavelmente pelo passo do Monte Cenis, foi dificílima. O exército cartaginês perdeu quase a metade das tropas e doze elefantes; três já haviam morrido mesmo antes de chegarem aos Alpes. Os sobreviventes — entre os quais o gigante Surus, o preferido de Aníbal — tiveram papel decisivo nas derrotas que o general cartaginês infligiu aos romanos, primeiro na batalha do Trébia (final do ano 218), às margens do lago Trasimeno (primavera de 217), depois, em menor escala, na célebre batalha de Canas, na Apúlia (agosto de 216), onde, apesar da inferioridade numérica, os cartagineses conseguiram uma estupenda vitória.

Foi a última. Aníbal deixou as tropas descansarem em Cápua (as famosas "delícias de Cápua" enfraqueceram seus homens) e esperou pelos reforços que deviam chegar de Cartago. Espera inútil. Enciumado com a glória do general, o senado cartaginês não enviou os reforços e deixou Aníbal imobilizado no sul da Itália durante doze anos. O guerreiro tentou um ataque a Roma em 211, mas, apesar do pavor dos romanos que viram Aníbal, suas tropas e seus elefantes às portas da cidade (*"Hannibal ad portas, Hannibal ad portas"*, gritavam por toda parte), não teve êxito. O cônsul romano Cipião levou a guerra até a África, aliou-se aos númidas e ameaçou Cartago. Apesar de chamado com toda a urgência, Aníbal foi vencido na batalha de Zama (202). Os elefantes não desempenharam então o papel desejado: os romanos, habituados a esse inimigo peculiar, conseguiram assustar os animais com barulho e fogo. Na paz que se seguiu, muito pesada para os cartagineses, eles tiveram de entregar aos romanos todos os elefantes e prometer que nunca mais os usariam como auxiliares de guerra. Aníbal refugiou-se logo depois em diferentes reinos do Oriente Médio e tentou, em vão, instigá-los contra os romanos. Para não lhes ser entregue, acabou envenenando-se em 183 a.C.

Os elefantes de guerra cartagineses pertenciam a uma espécie então presente nas florestas do norte da África, hoje extinta. Eram menores que os seus atuais primos do centro e do sul da África, e até dos que viviam na Ásia. Mesmo assim eram animais enormes cujo aspecto, cheiro e barridos apavoravam os homens e os cavalos antes de derrubá-los e pisoteá-los. Tratava-se, porém, de uma faca de dois gumes. Quando o inimigo conseguia assustar os paquidermes, eles, amedrontados, dizimavam o próprio campo. Foi o que ocorreu em Zama e em outras ocasiões nas quais os romanos encontraram um jeito de espantar e açular os colossos. Mas esses elefantes cartagineses — como, aliás, os que serviam os exércitos dos reis do Oriente — tinham um aspecto soberbo e temível: as orelhas e a testa eram pintadas com cores vivas; o corpo, protegido por uma couraça recheada de ferro e revestida de uma capa vermelha com franja de guizos; pontas de metal afiado eram pregadas na extremidade de suas defesas, e, às vezes, como na Índia, o dorso dos animais mais largos trazia uma torre onde se escondiam dois ou três arqueiros. Não foi suficiente. A partir da batalha de Zama, os romanos enfrentaram com êxito todos os elefantes que apareceram, como os dos reis da Numídia e da Mauritânia nos séculos II e I a.C. Os próprios romanos utilizaram às vezes os paquidermes, como em certas guerras na

Gália contra os arvernos ou os alóbrogos. Mas, desde o fim da República, e mais ainda sob o Império, os elefantes foram, sobretudo para os romanos, animais de circo e exibição. Ao regressar a Roma de qualquer vitória contra um príncipe ou rei do Oriente, o imperador desfilava triunfante em cima de um carro puxado por elefante.

Referências

ARMANDI, P. D. *Histoire des éléphants dans les guerres et les fêtes des peuples anciens jusqu'à l'introduction des armes à feu*. Limoges, 1881.

LAZENBY, J. F. *Hannibal's War. A Military History of the Second Punic War*. Warminster, 1978.

SCHMITT, T. *Hannibals Siegeszug*. Munique, 1991.

SCULLARD, H. H. *The Elephant in the Greek and Roman World*. Londres, 1974.

O boi e o burro do presépio

(início da nossa era)

Nenhum dos quatro evangelistas canônicos fala do boi ou do burro da Natividade. Só Lucas explicita que José e Maria, indo de Nazaré a Belém por causa do censo ordenado pelo imperador César Augusto, não encontraram lugar no albergue onde entraram e tiveram de se abrigar no estábulo vizinho. Foi lá que Maria deu à luz, e os pastores e reis magos vieram adorar o bebê. Lucas não diz nada além disso, e os outros evangelistas não se referem ao nascimento de Jesus num estábulo. Só depois de diferentes textos apócrifos compilados nos séculos IV e V, sobretudo o evangelho de pseudo-Mateus, é que se começa a mencionar um boi e um burro fazendo parte da Natividade, aquecendo o recém-nascido com seu bafo e se ajoelhando, como Maria e os anjos, quando compreendem que esse menino é o Salvador.

O evangelho de Lucas, escrito em grego no ano 70 ou 80, utiliza a palavra *phatnè* para especificar o lugar onde Jesus nasceu. Esse termo designa a manjedoura onde os animais comem no estábulo e, por extensão, o próprio estábulo. É provável que a cena do burro e do boi ao lado dessa manjedoura tenha aparecido primeiro nas imagens e, depois, sido assumida pelos textos. Para mostrar que Jesus nascera num estábulo, a iconografia dos primórdios do cristianismo precisava, de fato, de atributos. O burro e o boi foram escolhidos porque evocavam perfeitamente o lugar desse nascimento; um só não teria bastado, e ovelhas poderiam dar a ideia de que se achavam num aprisco e até ao relento. É a dupla do boi e do burro que compõe o presépio. Das primeiras imagens, os dois animais passaram para os textos, e estes acrescentaram precisões e comentários que, por sua vez, após a época carolíngea, suscitaram novas imagens e novos textos.

A Idade Média, de fato, trouxe muitas indagações quanto à presença desses animais no presépio. Que fazem eles lá? Por que eles e não outros? Por que apenas um elemento dessas duas espécies? Qual o seu significado? A tais perguntas, que historiadores e teólogos da época moderna continuam fazendo-se, as respostas foram muitas e variadas. Há três tipos de interpretações. As primeiras, históricas, lógicas, quase positivistas, explicam que o burro e o boi fizeram a viagem de Nazaré a Belém com José e Maria: o burro, para servir de montaria a Maria grávida, e o boi, para o imposto que José era obrigado a pagar. Na mesma ordem de ideias, outras explicações propõem que o censo ordenado pelo imperador romano incluía tanto as pessoas quanto o gado: José e Maria teriam ido a Belém com os dois únicos animais que possuíam.

O segundo grupo de interpretações é bem mais teológico. Ora o burro e o boi que cercam Jesus no momento do nascimento são vistos como pré-figuras dos dois ladrões que mais tarde ladearão Cristo na hora de sua morte na cruz. Mas, nesse caso, quem representaria o bom ladrão e quem seria o mau ladrão? As opiniões divergem, embora o burro seja o mais associado ao mau ladrão. Ora, quase sempre, ambos os animais são considerados representantes simbólicos das "nações", que mais tarde os apóstolos tentarão, às vezes sem êxito, converter à fé no Salvador: o povo judeu e as nações pagãs. Mas qual dos dois animais simboliza os judeus, e qual simboliza os pagãos? Também nesse ponto há divergências. Certos autores da Idade Média veem no boi atrelado ao arado a imagem alegórica do povo judeu preso à antiga Lei, e, no burro cheio de vícios, a imagem das nações pagãs, pecadoras e idólatras. Mas outros autores, mais numerosos, não pensam assim. O boi representa os gentios (isto é, as nações pagãs) porque costumam render um culto idolátrico ao boi ou ao touro, ao passo que o burro, estúpido e obstinado, encarna o povo judeu, que continuou cego para a Verdade e não viu que Cristo era o Messias.

As interpretações propriamente simbólicas parecem hoje mais pertinentes e são, em geral, as que os autores da época moderna preferem: o boi como representante do Bem, e o burro, do Mal — o boi por ser paciente, trabalhador, obediente, e o burro por ser preguiçoso, teimoso, lúbrico. Ou, ao contrário e com maior frequência, ambos vistos de forma positiva lembrando atributos de Cristo: como ele, são maltratados; como ele, apanham sem reclamar; como ele, são vítimas da maldade humana. Essa explicação que emerge lentamente no decorrer dos séculos é a que predomina na mentalidade comum e na exegese popular.

Nas imagens prolíficas da Natividade, às quais se acrescentam as imagens não menos prolíficas da Adoração dos pastores e dos reis magos, o burro e o boi quase sempre estão presentes ou adotam a mesma atitude e ladeiam simetricamente o menino Jesus; ou, então, os artistas se esforçam para diferenciar sua posição e seu comportamento. Nesse caso, não é raro, sobretudo no fim da Idade Média, que o boi olhe para a criança e a aqueça com seu bafo, enquanto o burro, nada bem-visto na época, desvie a cabeça e prefira comer feno em vez de adorar o Salvador. O jogo de cores pode reforçar essas diferenças, valorizando um e depreciando o outro.

A Natividade
Gravura anônima em madeira, numa edição da *Grande vie du Christ*, de Ludolphe le Chartreux, Paris, G. de Bossozel, fim do século XV ou início do século XVI.

Nos países onde o burro era desconhecido por muito tempo — na Rússia, por exemplo —, não é raro que, nas imagens do presépio, ele seja substituído por um cavalo ou por outro boi.

De modo geral, o burro do presépio suscitou, ao longo dos séculos, muito mais comentários e exegeses do que seu compadre, o boi. Bem cedo, certos autores assimilaram esse burro àquele que, dias depois do nascimento de Jesus, ajudou a sagrada família a fugir para o Egito para escapar dos soldados de Herodes incumbidos de exterminar todos os recém-nascidos. O Egito, na Bíblia, sempre é o lugar de refúgio dos hebreus em perigo. As imagens medievais da fuga para o Egito são quase tão numerosas quanto as da Natividade e da Adoração. Nelas se veem a Virgem e o menino sentados no animal conduzido por José; às vezes seguidos pela parteira Salomé, por Tiago Menor, "primo" de Jesus, e... pelo boi do presépio.

Outros autores sublinham com pertinência como esse burro prenuncia a jumenta em que Jesus montou para entrar em Jerusalém e viver sua Paixão. A tradição atribuiu a essa jumenta uma veste branca, símbolo de inocência e pureza, e interpretou essa entrada a cavalo como sinal de pobreza e humildade. Com o tempo, a jumenta que teve a honra de carregar Cristo quase foi beatificada: glorificaram-na, estabeleceram-lhe uma genealogia (ela seria descendente da jumenta de Balaão) e imaginaram sua história após a Crucificação: ao deixar Jerusalém, cidade deicida, e a Terra Santa, ela teria fugido para a Itália a bordo de um barco grego, terminando seus dias em Verona. Com efeito, nessa cidade, ao menos desde o século XIII e até o século XVII, foram veneradas as relíquias da jumenta. Calvino fez várias referências a esse fato para ironizar e denunciar o culto ridículo e sacrílego prestado a uma ossada.

Calvino e os protestantes também denunciaram o ritual que, em cada paróquia, no domingo de Ramos, para comemorar a entrada de Cristo em Jerusalém, fazia uma encenação com um burro de madeira montado sobre rodinhas. Tal objeto, que, durante o ano, servia de brinquedo para as crianças, tornava-se a figura principal da procissão. Em Zurique, em 1521, Zuínglio mandou jogar solenemente esse burro de madeira no lago. Em Genebra e Lausanne, ele foi queimado. As paróquias católicas deixaram de usá-lo após o concílio de Trento, mas algumas o guardaram na sacristia ou no tesouro da igreja. Vários museus alemães e italianos exibem hoje belos exemplares desse animal, de madeira pintada, com data do século XV ou do início do século XVI.

A Idade Média cristã tem curiosidade por esse animal e a ele se refere muitas vezes, mostrando a tal respeito duas correntes de ideia e de sensibilidade aparentemente contraditórias. De um lado, é preciso opor com toda a clareza o homem, que foi criado à imagem e semelhança de Deus, à criatura animal, subalterna e imperfeita, se não impura. Mas, de outro lado, existe em alguns autores, sobretudo a partir do século XIII, o sentimento mais ou menos difuso de uma verdadeira comunidade dos seres vivos e de um parentesco — não apenas biológico — entre o homem e o animal.

A primeira corrente prevalece e explica por que o animal é tantas vezes solicitado ou representado. Opor sistematicamente o homem ao animal e fazer deste último uma criatura inferior ou um espantalho leva, pela força das coisas, a falar dele constantemente, a fazê-lo aparecer a qualquer pretexto, a torná-lo o ponto privilegiado de todas as metáforas e comparações, enfim, a "pensá-lo simbolicamente". Leva também a reprimir com severidade todo comportamento que possa manter a confusão entre o ser humano e a espécie animal. Daí, por exemplo, as proibições, sempre repetidas — porque sem efeitos eficazes —, de se fantasiar de animal, de imitar o comportamento animal, de festejar ou celebrar o animal e, mais ainda, de manter com ele relações culposas, desde o afeto exagerado para com certos espécimes domésticos até os crimes mais infames, como a bruxaria ou a bestialidade.

A segunda corrente é mais discreta, mas talvez com maior dose de modernidade. É ao mesmo tempo aristotélica e paulina. De Aristóteles vem essa ideia de uma comunidade de seres vivos, ideia presente em várias de suas obras, reafirmada no *De anima* e da qual a Idade Média foi herdeira em várias etapas, sendo a última — o século XIII — a mais importante. No entanto, nesse domínio, a assimilação da herança aristotélica foi facilitada pela existência, na própria tradição cristã, de uma atitude a respeito do mundo animal que, por razões diferentes, vai no mesmo sentido. Tal atitude, cujo exemplo mais célebre é Francisco de Assis, tem origem em vários versículos de São Paulo, especialmente num trecho da Epístola aos Romanos: "se as criaturas foram subjugadas, foi na esperança de serem, um dia, também elas libertadas da servidão e da corrupção a fim de entrarem livremente na glória dos filhos de Deus" (Romanos 8, 21).

Essa frase muito impressionou todos os teólogos que a comentaram. Alguns buscam o sentido de tais palavras: indagam se Cristo veio de fato para salvar *todas* as criaturas e se *todos* os animais são de fato "filhos de Deus". Como Jesus nasceu num estábulo, isso parece a certos autores a prova de que o Salvador desceu à terra para salvar *também* os animais.

Referências

BATAILLARD, C. "Les ânes légendaires". *Mémoires de l'Académie de Caen*, 1873, p. 235-50.

CORNELL, H. *The Iconography of the Nativity of Christ*. Uppsala, 1924.

GROUSSET, R. *Le bœuf et l'âne de la Nativité du Christ*. Paris, 1885.

RÉAU, L. *Iconographie de l'art chrétien*, t. II, v. 2, Paris, 1957, p. 213-55.

SCHILLER, G. *Ikonographie der christlichen Kunst*, v. I, Gütersloh, 1966, p. 69-99.

VISCHER, L. "Le prétendu culte de l'âne dans l'église primitive". *Revue de l'histoire des religions*, v. 139, 1951, p. 14-35.

O porco de Santo Antão

(hagiografia e iconografia medievais)

Embora o cristianismo medieval não leve o porco em grande consideração, às vezes lhe reserva certa aceitação. Nesse ponto, distingue-se do judaísmo e do islã, para os quais esse animal é impuro e não pode, de modo algum, ser valorizado. Na Europa cristã da Idade Média, simultaneamente ao suíno sórdido e voraz que se espoja na lama, nutre-se de alimentos infectos e carniça, só pensa em comer e nunca ergue a cabeça para o céu, existe um porco virtuoso e benéfico, o da hagiografia e do folclore, o porco companheiro dos santos. Muitas figuras sagradas são escolhidas, protegidas ou servidas por esse animal, mas, de todas, a mais célebre é Antão, o grande Santo Antão.

A vida de Antão é bem conhecida graças a Santo Atanásio, seu discípulo e primeiro biógrafo, que a narrou e redigiu após a morte do mestre; graças também a São Jerônimo, que o admirava muito e lhe dedicou vários estudos no fim do século IV; e graças, enfim, a Jacques de Voragine, que, no século XIII, em sua *Legenda áurea**, estabeleceu a versão popular que influenciou a arte e as imagens do fim da Idade Média e da época moderna.

Nascido provavelmente em 255 numa família do Alto Egito, Antão, que muito cedo perdeu os pais, vendeu todos os seus bens para seguir o chamado de Cristo e retirar-se no deserto, na mais absoluta solidão. Lá foi muitas vezes assediado pelo demônio, que tentou seduzi-lo sob a forma de mulheres concupiscentes ou amedrontá-lo sob o aspecto de formas monstruosas. Mas, como Cristo no deserto, Antão conseguiu repelir com êxito os ataques de Satã. Pouco a pouco, sua fama se espalhou, e discípulos vieram juntar-se a ele; aceitou alguns e organizou no deserto as primeiras formas da vida cenobítica. É, por isso, tradicionalmente chamado de abade e considerado pai da vida monástica. Mas a comunidade que o cercava se tornou cada vez maior, e surgiram problemas de coabitação; Antão preferiu afastar-se para voltar à sua vida solitária. O Diabo veio tentá-lo de novo; em vão. Antão permaneceu firme na fé e na decisão de levar a vida de asceta e eremita. Quanto mais envelhecia, mais apreciava a solidão em que vivia: para fugir de todo contato com os semelhantes, seguiu para o mais longínquo deserto, onde morreu aos 102 anos.

---

* Jacques de Voragine, Porto, Civilização, 2004. (N.E.)

A iconografia logo se ocupou da vida de Santo Antão e esmerou-se ao encenar os episódios das tentações diabólicas. Satã tentou assim seduzi-lo sob o aspecto de mulheres desnudas e lascivas, distraí-lo de suas preces sob a aparência de um anão briguento ou de um negrinho ameaçador, ou ainda assustá-lo sob a forma de temíveis animais selvagens. Deles, o texto de Atanásio menciona o leão, o lobo, o urso, o touro, a víbora e o escorpião. Jamais é mencionado o porco. Mas os primeiros textos ocidentais, que deslocaram a solidão de Santo Antão do deserto egípcio para o deserto europeu — isto é, para a floresta —, inseriram progressivamente o javali entre os animais ferozes que tentavam atacá-lo. Ao longo do tempo e das imagens, esses animais se reduziram a dois: o lobo e o javali, dois habitantes da floresta muito apavorantes, de pelo escuro, bafo diabólico, odor infecto, dentes afiados. Mais tarde, após o ano 1000, o lobo também desapareceu, e só o javali ficou em cena para encarnar o bestiário infernal. A iconografia tomou assim distância considerável em relação aos textos hagiográficos, sobretudo ao mais autorizado, a biografia escrita por Atanásio, que em momento algum se refere ao porco selvagem.

Essa distância aumentou ainda quando, nos séculos XII e XIII, primeiro no vale do Ródano e na Borgonha, depois na Itália e na Alemanha, e, por fim, em toda a cristandade romana, o javali se transformou num simples porco doméstico. Aliás, a mutação não foi apenas iconográfica, mas também semântica e simbólica: enquanto antes o javali representava uma besta feroz, um animal temível no qual o demônio se encarnara, o porco, ao contrário, logo se tornou um fiel companheiro do santo eremita, o bicho afetuoso e protetor que compartilhava sua vida, suas refeições e suas preces.

Por que tal metamorfose? Por que essa passagem de animal selvagem a animal doméstico e a transformação de instrumento demoníaco em criatura dócil? A questão é controversa. Mas é provável que nessa mutação a influência dos frades da ordem dos antonianos tenha sido decisiva, e que, no caso, foi a história verdadeira que contaminou a lenda e a iconografia.

Em meados do século XI, as supostas relíquias de Santo Antão foram transferidas de Constantinopla, onde até então eram conservadas, para o Dauphiné, em Motte-Saint-Didier, perto de Vienne (França), onde foi fundado um mosteiro para guardá-las: Saint-Antoine-en-Viennois. O culto do santo abade, circunscrito por muito tempo ao Oriente grego, espalhou-se por todo o vale do Ródano e mostrou-se muito eficaz contra certos flagelos, sobretudo em 1090, quando uma terrível epidemia de ergotismo — forma intensa de erisipela, posteriormente chamada de Fogo de Santo Antão — atingiu toda a região. Antão tornou-se, na ocasião, um santo curandeiro muitíssimo venerado. Foi fundado um hospital ao lado da igreja abacial e das santas relíquias, e um senhor local criou uma ordem específica para manter a obra e cuidar dos inúmeros doentes e peregrinos que chegavam. A romaria a Saint-Antoine-en-Viennois tornou-se, no século XII, uma das maiores da cristandade romana.

Essa ordem hospitalar, chamada "de Santo Antão" ou "dos antonianos", teve rápida e ampla expansão por toda a Europa, principalmente no meio urbano. Além das atividades caritativas, especializou-se na criação de porcos não apenas para obter recursos, manter seus hospitais e fornecer carne aos indigentes, mas também porque o toucinho era considerado benéfico para os doentes de ergotismo (provavelmente provocado pela ingestão de esporão do centeio). Em muitas cidades francesas, alemãs e inglesas, os frades antonianos receberam o privilégio de deixar seus porcos soltos — identificáveis por uma sineta que traziam amarrada ao pescoço — pelas ruas e comunas, onde eles revolviam o lixo com o focinho.

Santo Antão e seu porco
Gravura em madeira, alemã (Ulm?)
do fim do século xv.
Zurique, Sammlung der Eidgenossischen
Teknischen Hochschule.

Esse privilégio era muito invejado por outras ordens monásticas e religiosas; algumas chegaram a colocar fraudulentamente nos seus porcos uma sineta parecida com a dos antonianos, o que chegou até a provocar processos. Na Europa medieval e moderna, as andanças dos porcos causavam de fato muitos acidentes. A partir do século XII, todas as cidades da Europa ocidental estabeleceram regulamentos para limitar ou proibir a circulação dos suínos pelas ruas, onde eles faziam o papel de lixeiros. Mas a contínua renovação desses textos prova que não eram nada respeitados, não obstante as pesadas multas previstas.

É provável que, nas imagens de Santo Antão, a transformação do javali em porco doméstico esteja ligada à criação e expansão da ordem dos antonianos: foi o animal favorito dos frades que se tornou emblema e companheiro do santo, e não o inverso. Essa metamorfose — facilitada por serem ambos animais da raça suína — tornou-se definitiva durante o século XIII. A partir de então, o grande Santo Antão tem como atributo um porco doméstico, o qual é sempre bem-visto. Já não se trata de criatura demoníaca, mas de um companheiro paciente: o santo e o animal formam uma dupla exemplar que, até hoje, dá origem a múltiplas imagens pintadas, esculpidas, gravadas, modeladas.

A partir do século XV, a iconografia de Santo Antão tornou-se prolífica. Grandes pintores lhe dedicaram uma ou várias obras — Brueghel, Bosch, Teniers, Tintoreto, Veronese —, e nenhum se esqueceu de pôr a seu lado o porco fiel. Esse animal tornou-se, com o tempo, um atributo tão presente que acabou influenciando as representações de outros santos eremitas (Macário, Onofre, Pacômio) e até a de um santo homônimo: Antônio* de Pádua.

Companheiro de São Francisco de Assis, nascido em Lisboa em 1195 e falecido em Pádua em 1231, Antônio, um dos maiores predicadores de todos os tempos, tornou-se, na época moderna e contemporânea, o mais venerado de todos os santos, mais do que Francisco de Assis, mais do que os próprios apóstolos. Historiadores e sociólogos ainda não explicaram os motivos, mas o certo é que, em quase todas as igrejas da catolicidade romana, há uma capela dedicada a Santo Antônio de Pádua. Ora, por confusão com Santo Antão abade, vê-se às vezes um porco nessa capela ou nas imagens votivas presentes, embora nada na vida ou na lenda de Antônio de Pádua mostre um porco em seu caminho. Essa transferência de atributo por causa da homonímia não é caso isolado na iconografia cristã: Santa Catarina de Sena tem às vezes ao seu

---

* Em francês, ambos os santos são chamados Antoine, por isso é dito que são homônimos. (N.E.)

lado uma roda, instrumento de suplício de Santa Catarina de Alexandria, que viveu dez séculos antes; e o ilustre São Tomás de Aquino traz às vezes a faixa da Virgem Maria à cintura, atributo de seu homônimo, o apóstolo Tomás.

Mesmo que sua instauração tenha sido lenta e complexa, o porco de Santo Antão constitui o exemplo quase arquetípico do animal companheiro de um santo. É verdade que Antão não é um santo qualquer, mas um dos fundadores da vida monástica. Na época moderna, em razão de seu inseparável atributo, Antão tornou-se — quase naturalmente — o patrono dos porqueiros, açougueiros, salsicheiros, fabricantes de escovas (que usam cerdas de porco) e até dos sineiros, em referência à sineta que os porcos dos frades antonianos traziam amarrada ao pescoço. Outros santos mantêm relações privilegiadas com o porco, como São Brás, que, segundo a *Legenda áurea*, devolveu a uma viúva paupérrima o único bacorinho que um lobo lhe havia roubado. Tempos depois, a mulher, muito grata, levou a seu benfeitor, então na prisão e com fome, a cabeça do porco e uma vela, feita com o sebo, para que ele se alimentasse e tivesse luz. Também São Vendelino, filho de um rei da Irlanda e que se tornou guardador de porcos, ou ainda São Valentim, São Kevin, São Paulo Aureliano, São Leonardo, todos eles, por razões diversas, contam com um porco doméstico entre os seus atributos.

Referências

Baruzzi, M., Montanari, M. *Porci e porcari nel medioevo*. Bolonha, 1981.

Buren, R., Pastoureau, M., Verroust, J. *Le cochon. Histoire, symbolique et cuisine du porc*. Paris, 1987.

Cuttler, C. D. *The Temptations of Saint Anthony in Art, from the Earliest Times to the First Quater of the Sixteenth Century*. Nova York, 1952.

Fabre-Vassas, C. *La bête singulière. Les juifs, les chrétiens et le cochon*. Paris, 1994.

Pastoureau, M. "L'homme et le porc: une histoire symbolique". *Couleurs, images, symboles. Études d'histoire et d'anthropologie*. Paris, 1986, p. 237-83.

Sillar, F. C., Meyler, R. M. *The Symbolic Pig. An Anthology of Pigs in Literature and Art*. Edimburgo, 1961.

Walter, P. (org.). *Mythologies du porc*. Grenoble, 1999.

O veado de Santo Eustáquio e de Santo Huberto

(hagiografia e iconografia medievais)

A lenda de Santo Eustáquio, narrada por vários textos da época feudal e, depois, fixada em forma clássica no século XIII pela *Legenda áurea* de Jacques de Voragine, parece um romance e deu origem a uma abundante iconografia. Além disso, influenciou ou contaminou a lenda de vários outros santos, principalmente a de Santo Huberto. Ambos continuam sendo, até hoje, em toda a Europa ocidental, os santos padroeiros dos caçadores, dos cães de caça e dos guardas-florestais. Devem esse apadrinhamento ao encontro de um animal maravilhoso: o veado campeiro.

Antes de adotar o nome Eustáquio, ele se chamava Plácido. Era um general romano a serviço do imperador Trajano; fiel à religião de seus antepassados, não dava nenhuma atenção à de Cristo, que então se disseminava numa parte do império, principalmente entre os soldados. Mas um dia, ao atravessar a floresta, Eustáquio viu surgir diante de si, num halo luminoso, um grande veado que trazia entre a galhada a imagem de Jesus crucificado. Convertido por esse milagre, decidiu ser batizado com a mulher e os dois filhos. Na ocasião, deixou o nome latino e escolheu Eustáquio, que é o equivalente grego e cristão de Plácido.

Depois da conversão, Eustáquio e a família passaram por uma série de provações terríveis, equivalentes às de Jó. Mas, como este, longe de se afastarem de Deus, fortaleceram-se na nova fé. Eustáquio foi primeiro degradado, expulso do exército e privado de todos os seus bens. Ao tentar ir para o Egito, foi lançado fora do navio pelo comandante, por não ter com que pagar a viagem. Sua mulher, Teopista, foi mantida refém. Conseguindo mesmo assim chegar à Alexandria com os dois filhos pequenos, subiu o Nilo e tentou passar de uma margem para a outra. Mas, durante a travessia, um lobo lhe roubou o filho mais velho, e um leão, o caçula. Depois de muitos infortúnios e aventuras, acabou por encontrar a mulher e os filhos. Mas a desdita de Eustáquio não parou aí: diante de sua recusa em reconhecer os deuses romanos e oferecer-lhes um sacrifício, o imperador ordenou que fosse preso, torturado e queimado vivo, com a mulher e os filhos, num grande touro de bronze colocado sobre um braseiro ardente. Miraculosamente, após três dias, eles saíram sem nenhuma queimadura e, em vista do milagre, foram libertados.

A lenda de Santo Eustáquio serve-se de muitos elementos da literatura grega, do teatro romano, do folclore oriental e das tradições orais; de acordo com cada versão, predomina uma ou outra influência. Vindo do Oriente, o culto do santo ficou conhecido no Ocidente a partir do século XII, sobretudo na Inglaterra, na Normandia e no norte da França. Algumas de suas relíquias foram conservadas na abadia de Saint-Denis, e até em Paris uma grande igreja paroquial lhe foi consagrada em 1190. No entanto, apesar do prestígio do santo e da devoção que o cercava, no fim da Idade Média a história de Eustáquio começou a esmaecer e a ceder o lugar a outra, menos lendária, mas também romanceada, a de Huberto de Liège.

Este não era general romano, mas filho do duque Bertrand da Aquitânia, que viveu no século VII. Frequentando a corte dos reis merovíngios da Austrásia, Huberto exerceu diferentes funções junto a Pepino de Heristal, inclusive a de monteiro-mor. Sua paixão pela caça era tanta que ele não obedecia aos mandamentos da Igreja, e, mesmo aos domingos e dias santos, caçava nas grandes florestas das Ardenas. Numa Sexta-Feira Santa, perseguiu um enorme veado branco sem conseguir capturá-lo. Ao anoitecer, o veado parou e enfrentou Huberto, que viu brilhar na sua galhada um crucifixo reluzente. O caçador apeou imediatamente, ajoelhou-se e ouviu o animal dizer: "Huberto, Huberto, por que me persegues? Até quando a paixão pela caçada te fará esquecer tua salvação? Vai a Maastricht falar com o bispo Lambert e faz o que ele mandar".

Assustado, Huberto foi a Maastricht e mudou de vida. Depois da morte da esposa e de ter ido em peregrinação a Roma, recebeu ordem do papa para voltar a Liège, onde Lambert acabara de ser massacrado, e assumir seu lugar à frente da diocese. Huberto obedeceu, tornou-se bispo de Maastricht e de Liège, continuou a obra de evangelização de seu antecessor, fez muitos milagres e morreu em 727. Seu culto ficou por muito tempo restrito à região das Ardenas, mas se estendeu às regiões vizinhas no final da Idade Média. Huberto tornou-se então um santo curandeiro de renome, especialmente invocado nos casos de raiva. Na época moderna, seu culto e iconografia expandiram-se ainda mais, e Huberto pouco a pouco suplantou Eustáquio como padroeiro dos caçadores.

Os padres da Igreja e os bestiários latinos que depois apareceram valorizam o veado. Baseiam-se em diferentes passagens bíblicas e em certas tradições antigas para vê-lo como um animal solar, ser de luz, mediador entre o céu e a terra. Daí as numerosas lendas medievais, hagiográficas e depois literárias, construídas em torno do tema do veado de ouro, do veado branco, do veado alado, do veado maravilhoso encontrado por um caçador e trazendo na galhada um crucifixo ou uma cruz luminosa. Os autores fazem dele um símbolo de fecundidade e ressurreição (sua galhada não cresce a cada ano?), uma imagem do batismo, um adversário do mal. Lembram a frase de Plínio, segundo a qual o veado é inimigo da serpente, que ele força a sair da toca para matá-la. Glosam, sobretudo, um célebre versículo do salmo 41, dizendo como a alma do justo procura o Senhor, à imagem do veado sedento que busca a água da fonte. Deixando de lado os aspectos negativos e sexuais da simbólica do veado, os padres da Igreja e os teólogos fazem dele um animal puro e virtuoso, imagem do bom cristão, atributo ou substituto de Cristo, equivalente ao cordeiro, ao pelicano e ao unicórnio. Para tal, não hesitam em fazer um jogo de palavras e aproximar *servus* (o servo, o servidor) e *cervus* (o cervo, o veado). O veado é o Salvador.

Ao valorizar o veado, os autores cristãos contribuem pouco a pouco para inverter a hierarquia das diferentes caçadas. Na Roma antiga, a caça ao cervo

Cena de caça a cavalo e com galgos.
Gravura em madeira numa impressão do tratado de
Gaston Phébus, *Des deduiz de la chasse*, Paris, Verard,
1507, fol. A 1 v°.

era preterida ou desprezada (e a do cabrito montês, mais ainda). O animal era visto como fraco, medroso e covarde: ao contrário do javali, ele fugia ao ver os cães e depois desistia e se deixava matar.

Por extensão, eram chamados *cervi* os soldados sem coragem que fugiam do inimigo. Aliás, a carne do veado era considerada mole e pouco higiênica; não era vista na mesa dos patrícios. Enfim, os cervídeos estavam presentes em terras planas e de rara vegetação que as caçadas nobres pouco procuravam, preferindo as zonas mais sombrias ou mais acidentadas. Perseguir ou forçar o veado era atividade que não proporcionava glória ou prazer; o nobre ou o cidadão com boa reputação não devia praticar esse tipo de caça, mas deixá-la para o camponês.

Tal opinião era partilhada pela maioria dos autores latinos que falam de montaria. O veado é uma presa desprezível; nobres são o leão — que não se come, provando que a caça é um ritual, e não uma busca de alimento —, o urso e o javali. Sobre este, há inúmeras considerações, destacando o furor e a selvageria do animal que salta do seu covil como um raio, destruindo tudo que encontra no caminho, e, depois, enfrenta o caçador, de pelo eriçado, pupilas incandescentes.

Essa admiração pelo javali e sua caçada atravessa toda a alta Idade Média, sobretudo nos países germânicos, como se vê pela arqueologia, pela toponímia e pelo direito de caça. Mas já não aparece nos tratados franceses de montaria dos séculos XIII e XIV. Para seus autores, o animal nobre, a caça real, é então o veado, e não mais o javali. Alguns, como o conde de Foix, Gaston Phébus, autor do mais célebre tratado de montaria medieval, o *Livre de la chasse*, compilado entre os anos 1387-1389, estabelecem uma estrita hierarquia das caças e colocam em primeiro lugar o veado. Outros, como Henri de Ferrières, nobre normando de quem quase nada se sabe, mas que escreveu o célebre *Livres du roy Modus et de la royne Ratio* [Livros do rei Modo e da rainha Razão], preparado alguns anos antes, não propõem uma hierarquia exata, mas começam naturalmente o livro pela caça do veado e a descrevem com mais detalhes do que todas as outras. Autores como o anônimo da *Chace dou cerf* [Caça ao veado], cuja compilação aparece na Lorena na segunda metade do século XIII, chegam a dedicar um poema inteiro ou um livro específico ao grande cervídeo, algo a que o javali nunca tem direito. Mas, sobretudo, o discurso sobre o veado nunca mostra nada de negativo a respeito do animal e valoriza sua caça sob todos os aspectos. Eis o que escreve Gaston Phébus, que, em vários trechos, afirma que o veado é o bicho mais doce e nobre da caça: "É bom caçar o veado, porque é belo persegui-lo, como é belo despistá-lo, e é belo deixá-lo correr, e é belo persegui-lo, é belo continuar na perseguição, e é belo obter seus miúdos, seja na água, seja na terra, e é belo ter sua carniça, e é belo esfolá-lo e esquartejá-lo e tirar os chifres, e é bela e boa a sua carne. É um belo e agradável animal, e o considero a caça mais nobre".

O papel dos clérigos nessa promoção do veado como caça real foi predominante. Para a Igreja, por muito tempo inimiga de toda forma de caça, a do veado era um mal menor. Era menos selvagem do que a do urso — praticada a pé e terminando num corpo a corpo sangrento entre o caçador e o animal — e do que a do javali. Matava menos homens e menos cães, devastava menos lavouras, provocava menos vociferações e imundície, e dependia mais do cansaço dos homens, dos cães e do animal para chegar ao fim. Com certeza, não era tão calma quanto a caça às aves e conservou até um aspecto furioso no outono, época da berra e do cio, quando se exacerba o vigor sexual dos grandes machos. Mas, em qualquer época do ano, a perseguição ao veado não levava os caçadores a um estado próximo do transe ou da raiva, como podia ocorrer com a luta corporal contra o urso ou o javali. Enfim, aos olhos dos clérigos, parecia mais moderada e controlada. Além disso, o simbolismo do animal permitia conferir a tal caça uma forte conotação cristã.

O santo é quase sempre a antítese do caçador nos relatos e sistemas de valores medievais, mas a hagiografia mostra que, ao perseguir o veado, o caçador pode tornar-se santo. Foi o caso de Santo Eustáquio e de Santo Huberto.

Referências

CICADA, S. *La leggenda medioevale del cervo bianco e le origine della "Matière de Bretagne"*. Roma, 1965.

DOMAGALSKI, B. "Der Hirsch in spätantiker Literatur und Kunst". *Jahrbuch für Antike und Christientum*. Ergänzungsband, v. 15, 1990, p. 1-198.

GAREAU, I. "Eustache et Guillaume, ou les mutations littéraires d'une vie et d'un roman". *Médiévales*, v. 35, 1998, p. 105-24.

GALLONI, P. *Il cervo e il lupo. Caccia e cultura nobiliare nel medioevo*. Bari, 1993.

PASTOUREAU, M. "La chasse au sanglier. Histoire d'une dévalorisation (IVe-XIVe s.)". In: PARAVICINI, A., VAN DEN ABEELE, B. (org.) *La chasse au Moyen Âge. Société, traité, symbols*. Florença, 2000, p. 7-23.

PAFFRATH, A. *Die Legende des heiligen Hubertus*. Hamburgo, 1961.

THIEBAUX, M. *The Stag of Love. The Chase in Medieval Literature*. Cornell, 1974.

Abul-Abbas, o elefante de Carlos Magno

(cerca de 800-810)

No Ocidente medieval, os viveiros de animais eram sinais de poder e instrumentos políticos. Aliás, já o eram na Antiguidade e continuaram sendo na época moderna. Por muito tempo, só reis e príncipes possuíam riqueza bastante para possuí-los. No final da Idade Média, certas cidades e grandes mosteiros os imitaram. Em todos os casos, não se tratava de satisfazer à curiosidade do público ávido por ver bestas ferozes ou insólitas, mas de demonstrar os atributos vivos da soberania que só os mais poderosos podiam comprar, alimentar, dar de presente ou trocar. Nesse sentido, toda coleção de animais era um "tesouro" em cuja composição sempre havia uma forte dimensão simbólica.

Era o que pensava Carlos Magno no final do século VIII, ao preparar sua viagem à Itália para ser coroado imperador em Roma. Como seus antecessores romanos, queria marcar seu poder com signos fortes, visíveis por todos e transmitidos à posteridade pelo testemunho de poetas e cronistas. Possuir um viveiro fazia parte desses sinais, e encerrar nele animais estranhos ou exóticos era conferir-lhe um brilho incomparável. Exibir ursos e javalis não bastava. Eram, decerto, animais admiráveis, caças perigosas, os preferidos dos caçadores, mas, na Europa, eram meros animais conhecidos, que existiam em quase todas as regiões. Convinha mostrar feras vindas de longe, do maravilhoso Oriente africano e asiático, fonte de todas as riquezas e de todos os sonhos.

Em Aix-la-Chapelle, perto de seu palácio, Carlos Magno já possuía leões e panteras. O astro do seu viveiro era um "leão da Marmórica", de tamanho descomunal, que, segundo vários cronistas, lhe teria sido oferecido anos antes pelo "rei da África". Aliás, os historiadores atuais têm grande dificuldade para saber quem seria esse "rei da África" e onde se situava o seu reino. Deixando isso de lado, é evidente que Carlos Magno, na véspera da sua coroação, no ano 800, não estava em busca de leões, mas de animais mais espetaculares, mais extravagantes, animais raramente vistos no Ocidente: elefantes, que dariam à sua corte o prestígio dos antigos imperadores romanos e dos soberanos do Oriente bizantino ou muçulmano.

Com esse intuito, talvez desde o fim de 797, o futuro imperador enviou uma embaixada ao califa de Bagdá, o célebre Haroun el Rachid (Haroun, o Justo), personagem central dos contos d'*As mil e uma noites*. De fato, a lenda e os poetas exageraram muito a glória e o luxo desse príncipe. Quinto califa da dinastia dos abássidas, reinou no Oriente muçulmano de 786 a 809, mas seu reinado nada teve de glorioso ou brilhante. Foi até um pouco inexpressivo, exceto pelos ataques contra o império grego de Bizâncio e pela chegada dos embaixadores de Carlos Magno a Bagdá em 798 ou 799. Envaidecido pelo pedido do mais poderoso rei do Ocidente, em quem via um possível aliado contra a imperatriz de Bizâncio, Haroun el Rachid cumulou Carlos Magno de presentes: tecidos luxuosos, pedras preciosas, objetos de marfim, especiarias e perfumes importados da Índia, um relógio de água, tapetes suntuosos, uma sela magnífica, pássaros, macacos, leopardos e, sobretudo, dois elefantes.

Procedentes da África, os elefantes devem ter sido embarcados em Alexandria enquanto uma parte da missão retornava por terra, caminho mais longo, porém mais seguro. Um dos animais morreu durante a travessia, mas o outro, o maior, chamado Abulabaz (Aboul-Abbas), desembarcou em Pisa em 801 e encontrou Carlos Magno em Pavia. O novo imperador deixara Roma meses antes e subia lentamente para Aix-la-Chapelle. Entretanto, o elefante e seu novo dono não continuaram juntos o caminho. O paquiderme foi de novo içado para um navio num porto da Ligúria e levado por mar até

Marselha. A partir de lá, conduzido por um mercador judeu chamado Isaac e acompanhado de importante cortejo, Aboul-Abbas subiu as margens do Ródano e do Saône, atravessou Lorena, fez uma longa parada em Metz e acabou chegando a Aix em 902 ou 903. Durante todo o percurso, muitos habitantes foram admirá-lo: era o primeiro elefante visto no Ocidente desde o fim do Império Romano, ou seja, havia quase quatro séculos. Alguns eruditos o examinaram de perto para ver se conferia com tudo o que as enciclopédias contavam a respeito desse extraordinário animal, "parecido com uma montanha", "mais inteligente do que o cavalo", "piedoso para com os fracos" e de "castidade impoluta". Julgavam que os elefantes só copulavam uma vez na vida, nunca antes da idade de quinze anos para o macho e treze anos para a fêmea. Esta, mãe uma única vez, tinha só um elefantinho.

Aboul-Abbas tornou-se, em Aix-la-Chapelle, o maior destaque do viveiro imperial. Este, aliás, era mais ou menos itinerante e se deslocava junto com o imperador, o que causava enormes problemas de transporte e abastecimento. Assim foi até o fim do século XIV, data em que os viveiros reais e nobres começaram, por fim, a se estabelecer num local fixo. A partir de 806, Carlos Magno deixou de viajar, contentando-se em caçar nas imensas florestas das Ardenas e comandar duas expedições à

Germânia. Parece que seu elefante morreu durante a última expedição, em 810, no norte da Alemanha. Uma de suas presas teria sido preservada e servido para fazer uma enorme trompa, conservada muito tempo no tesouro imperial de Aix-la-Chapelle. Estudiosos tentaram em vão identificar essa trompa de marfim entre todas as que a alta Idade Média nos deixou, mas, em vários tesouros de igrejas ou mosteiros, tanto na Alemanha como na França ou na Itália, foi mostrada durante séculos "a trompa de Carlos Magno" e evocada a lembrança de Aboul-Abbas. Segundo outra tradição, mais frágil, porém sedutora, o paquiderme teria morrido afogado ao se banhar no Reno, e seu corpo monstruoso, transportado pelo rio até o mar do Norte. Assim, ele teria sido mais um da longa lista de animais exóticos enviados para a Europa e engolidos pelas vagas.

Outra lenda teve duração tão longa quanto a do elefante: a do jogo de xadrez de Carlos Magno. Entre os presentes enviados por Haroun el Rachid ao novo imperador teria havido um tabuleiro de cristal acompanhado de grandes peças de xadrez em marfim, as primeiras chegadas ao Ocidente. Essa lenda, porém, não resiste diante dos fatos: o jogo de xadrez, nascido na Índia por volta do século VI de nossa era, só chegou à Europa perto do ano 1000 e por uma dupla via, da Espanha muçulmana e da Escandinávia. Carlos Magno nunca jogou xadrez, mas desde cedo foi tentador associar seu nome ao rei dos jogos, que se tornou o jogo dos reis. Foi o que ocorreu na abadia de Saint-Denis durante o século XIV. Essa abadia conservava em seu tesouro grandes peças de xadrez, em marfim, nas quais, com toda a naturalidade, os monges e o abade reconheciam o jogo oferecido pelo califa de Bagdá a Carlos Magno. Mais ainda: pensava-se que as quatro peças em forma de elefante (tendo então no tabuleiro o papel hoje desempenhado pelo bispo) representavam o famoso Aboul-Abbas. Era evidentemente impossível: essas magníficas peças foram talhadas em Salerno no fim do século XI e trazidas para a França, sendo ofertadas à abadia de Saint-Denis por Filipe Augusto. Mas, até o século XVII, continuaram a lhes atribuir origem oriental e ver nelas um presente do pomposo califa Haroun el Rachid.

Referências

Delort, R. *Les éléphants piliers du monde. Essai de zoohistoire*. Paris, 1990.

Druce, G. "The Elephant in Medieval Legend and Art". *The Archeological Journal*, v. LXXVI, 1919, p. 11-73.

Eginhard. *Vita Karoli*. Paris: L. Halphen, Paris, 1923, cap. XVI.

Kurt, F. *Das Elefanten Buch*. Hamburgo, 1992.

Pastoureau, M. *L'échiquier de Charlemagne. Un jeu pour ne pas jouer*. Paris, 1990.

O porco regicida
(1131)

A data de 13 de outubro de 1131 não está entre os "Trinta dias que fizeram a França", lembrando o título de uma célebre coleção de história. E, no entanto... No entanto, naquele dia, de certa maneira, o destino da monarquia capetiana e do reino francês sofreu um abalo e tomou novo rumo. Ao cavalgar com alguns companheiros por um bairro de Paris, o jovem príncipe Filipe, filho mais velho do rei Luís VI, o Gordo, sofreu uma grave queda de cavalo e morreu horas depois numa casa para onde foi levado. Tinha ele quinze anos. Chamados imediatamente, o rei, a rainha Adelaide, o abade Suger, vários prelados e alguns barões assistiram à sua agonia. No dizer dos contemporâneos, todos sentiram imensa dor e preocupação.

Em si, o acontecimento nada teve de excepcional. Na Idade Média, quedas mortais de cavalo eram frequentes, e não foram raros os filhos de rei que morreram muito jovens. Mas várias circunstâncias conferem a essa ocorrência uma dimensão pouco comum e bem grave para a dinastia dos Capetos. Primeiro porque o drama aconteceu num momento em que o papa Inocêncio II estava na França. Ele acabava de reconciliar Luís VI com o rei da Inglaterra Henrique I e se preparava para dar início, em Reims, a um concílio geral da Igreja, destinado a destituir o antipapa Anacleto II, que tinha seguidores na Itália. Além disso, o príncipe Filipe não era apenas o primogênito do rei da França; era também rei da França, ou pelo menos "rei associado". Segundo o uso em vigor entre os primeiros reis capetianos, ele fora de fato nominalmente associado ao governo do reino desde os três anos de idade, depois sagrado e coroado rei em Reims nove anos mais tarde, em 14 de abril de 1129. Desde então, todos os documentos provenientes da chancelaria real e das grandes abadias que mantinham anais ou crônicas o qualificavam, legitimamente, de *Philippus rex junior*, "Filipe, o jovem rei". Esse costume consistia em associar ao trono, em vida do pai, o filho mais velho do soberano, o que permitiu aos primeiros reis capetianos transformar de fato a monarquia francesa ainda eletiva em verdadeira monarquia hereditária. Isso durou quase dois séculos.

Enfim, e sobretudo, o cavalo não foi o único culpado do acidente. Outro animal foi a causa primeira da queda, um animal pouco valorizado, perambulante, tendo como todos os seus congêneres que viviam em zona urbana o papel de lixeiro:

um porco doméstico. Foi de fato um *vulgar porcus* — que Suger, abade de Saint-Denis e principal conselheiro do rei Luís VI, qualificou de *diabolicus* no relato que deixou do acontecimento —, que se jogou nas patas do cavalo, fazendo-o rolar por terra e atirando o cavaleiro contra uma pedra. O jovem rei da França, sagrado e coroado havia dois anos, foi morto por um porco! *Rex Philippus a porco interfectus*, seria assim escrito a esse respeito durante vários séculos em todos os manuais de história.

O porco regicida.
Miniatura de um manuscrito do século XIV, Besançon,
Bibl. mun. Ms 677, fol. 67.

No século XII, a fronteira zoológica que separava o porco doméstico do porco selvagem era ainda relativamente indefinida: as leitoas iam às vezes cruzar com os javalis na floresta; os dois animais são coespecíficos e interfecundos. Entretanto, a fronteira simbólica era bem definida. Para a cultura e a ideologia da época feudal, o javali não se confundia com o porco doméstico. O primeiro era visto como um animal nobre, corajoso, cujo enfrentamento e caça dava prazer. O segundo, ao contrário, era um bicho vil e impuro, símbolo da imundície e da gula. Morrer na caça ao javali — seria o caso quase dois séculos mais tarde, em 1314, do rei da França Filipe IV, o Belo — era morte gloriosa, heroica, real. Morrer num bairro parisiense por causa de um porco errante era morte infame, indigna de um rei, escandalosa por se tratar do jovem príncipe que deixava entrever belas esperanças.

De fato, todos os autores de anais e crônicas que, do século XII ao século XIV, se referem ao acontecido insistem no caráter infame da morte do jovem Filipe: "morte torpe" (*mors turpis*), "morte ignóbil" (*mors ignominiosa*), "morte miserável" (*mors miseranda*), "morte que pune" (*mors flagitiosa*), "morte desonesta" (*mors improba*). A dinastia, a monarquia e o reino ficaram como que marcados por uma mancha indelével com tal morte impura. E, no entanto, tudo foi feito para apagá-la. Suger mandou enterrar o jovem príncipe em Saint-Denis, a necrópole real, em 18 de outubro, cinco dias após o drama. No dia 25 do mesmo mês, o príncipe Luís, filho caçula do rei Luís VI, inicialmente destinado ao estado eclesiástico, foi sagrado e coroado rei em Reims, em pleno concílio, pelo papa Inocêncio II. Seis anos depois, ainda mal preparado para o ofício de rei, foi este mesmo Luís que subiu ao trono francês. Seu longo reinado (1137-1180) foi marcado por uma série de catástrofes para o reino e a dinastia (fracasso da Segunda Cruzada comandada pelo próprio Luís VII, seu divórcio de Leonor de Aquitânia, que posteriormente desposou o rei da Inglaterra).

Assim, naquele 13 de outubro de 1131, o destino da França mudou radicalmente. A historiografia medieval e moderna não se esqueceu disso, pois a morte do jovem rei Filipe é narrada em todas as crônicas e histórias da França até meados do século XIX. Só de 1880 a 1900 e na grande *Histoire de France* de Ernest Lavisse é que esse acontecimento de tantas consequências foi, pela primeira vez, omitido. A história erudita e positivista então em vigor não queria sobrecarregar-se com um porco, fosse ele instrumento de um destino excepcional ou não. O porco regicida que desviou o curso da grande História ficou desde então relegado às coletâneas de anedotas e da história "menor".

Referência

Luchaire, A. *Louis vi le Gros. Annales de sa vie et de son règne (1091-1137)*. Paris, 1890.

Pastoureau, M. *Le roi de France tué par un cochon*. (No prelo.)

Saissier, Y. *Louis vii*, Paris, 1991.

Suger. *Vita Ludovici grossi regis*. Paris: H. Waquet, Paris, 1929, p. 265-8.

Renart
(séculos XII-XIV)

Os eruditos chamam de *Roman de Renart* não um texto único, mas o conjunto de 27 poemas mais ou menos independentes, de tamanho desigual, que contam, como numa paródia, as canções de gesta, as aventuras de uma raposa astuta e briguenta chamada Renart. Cada um dos poemas, octossílabos rimados, constitui um "ramo" articulado em torno de um episódio principal e de alguns episódios secundários. Os mais antigos foram registrados por escrito entre 1174 e 1205, e formam um núcleo coerente; os outros, mais díspares, foram compostos na primeira metade do século XIII. Com o tempo, foram acrescentadas continuações e "renovações", num tom diferente, e o humor e a paródia cederam a vez a uma áspera e virulenta sátira ao mundo e à sociedade. O conjunto consiste em várias dezenas de milhares de versos. A unidade dos dois ciclos principais, escritos por mais ou menos vinte clérigos diferentes, pertencentes a três gerações sucessivas, reside na luta permanente que opõe Renart ao lobo Ysengrin e no caráter relativamente estável dos principais protagonistas.

Estes formam uma verdadeira sociedade animal organizada à imagem da humana. Cada espécie é representada por um animal com nome próprio, escolhido de acordo com suas características físicas ou seu simbolismo tradicional. *Noble* [Nobre] é o nome do leão; *Brun* [Castanho], do urso; *Chantecler* [Canto claro], do galo; *Bruyant* [Barulhento], do touro; *Belin* [Berrador], do carneiro; *Couard* [Covarde], da lebre; *Tardif* [Moroso], da lesma. Cada personagem é nitidamente individualizado, com seu caráter, sua história, seus costumes, sua família. Renart (Raposão) é marido de Hermeline e pai de três filhos. Seu primo e principal aliado é Grimbert, o texugo. Ysengrin é marido da loba Hersent, tem um irmão e dois cunhados, ao passo que o galo Chantecler e a galinha Pinte [Pinta] são progenitores de uma grande prole.

Em torno do rei Noble e da esposa, a leoa Fière [Altiva], agita-se uma corte de barões e vassalos, que executam ofícios precisos: o urso é o castelão e mensageiro do rei (em alguns ramos é até vice-rei, resquício do seu antigo título de rei dos animais, perdido para o leão entre os séculos V e XII); o lobo é o condestável; o asno, o arcipreste; o macaco, o bobo do rei. As inverossimilhanças não são raras: o javali cavalga a lesma, o galo mata o touro, e todos os animais falam e agem como seres humanos. Além disso, cada um, embora conservando parte de suas propriedades animais, possui também traços de caráter antropomórfico: o rei leão é majestoso, altivo, justo, generoso, mas ao mesmo tempo ingênuo. Sua mulher, cortês e bem-educada, é orgulhosa e meio tola. O urso é pesadão, tagarela e solene; deixa-se enganar com facilidade por seu gosto imoderado pelo mel. O lobo, eterna vítima de Renart, encarna a mistura da força bruta com a burrice; as peças que a raposa lhe prega são a desforra da inteligência contra a mera força corporal. A loba também não é esperta e, além disso, é lúbrica. A arte dos autores se consagra nessa mistura perfeita de traços humanos com traços animais. Os homens, como mais tarde nas fábulas de La Fontaine, não estão ausentes dessa epopeia animal; aparecem de vez em quando e são apresentados de forma pouco lisonjeira: senhores belicosos, burgueses cobiçosos, fazendeiros avarentos, camponeses estúpidos, monges sem senso religioso. A sátira social está sempre viva por trás da comicidade dos bichos.

Na corte do rei Noble, os animais vivem mais ou menos em paz, o lobo não devora o carneiro, os animais selvagens convivem com os animais domésticos. Renart é o único que desrespeita essa paz. Ele mata e come a galinha Pinte, esposa de Chantecler, tenta fazer o mesmo com o corvo e o galo, arma ciladas para todos os animais, ridiculariza o urso, atazana o lobo, copula com a loba e a leoa, provoca a cólera do leão e a reação de todos os animais. Várias vezes declaram guerra contra ele, cercam-lhe o castelo, ele é preso, julgado, condenado, mas sempre consegue escapar pela astúcia ou pela mentira. No primeiro ramo, por exemplo, enquanto as acusações contra Renart se multiplicam, vê-se chegar à corte do rei Noble o carro fúnebre de uma nova vítima de sua velhacaria: dama *Coupée* [Cortada], a galinha, cunhada do galo Chantecler, que clama por justiça. O rei e seu conselho decidem capturar a raposa. O urso, o gato e o corvo vão, um após o outro, buscá-la, mas voltam em péssimo estado. Enfim o texugo, primo de Renart, o convence a se apresentar ao tribunal. Há um processo, Renart é condenado à forca. Mas, bem falante, pede misericórdia, arrepende-se e confirma sua intenção de fazer uma peregrinação para expiar sua culpa. A despeito do conselho dos barões, Noble, magnânimo, concede-lhe a graça. Em liberdade, Renart zomba do rei e de sua corte, foge e se refugia no seu covil-castelo de Maupertuis.

Renart é o mais astuto de todos. Se acontece de ele perder de animais mais fracos (o abelheiro, por exemplo), costuma vencer os mais fortes. Manhoso e sem escrúpulos, corresponde à imagem que já tinha nas fábulas antigas, bem como, nos séculos XII e XIII, na maioria dos bestiários e enciclopédias. Eles insistem sempre no seu pelo ruivo, cor abominável, mistura do mau vermelho com o mau amarelo, marca de falsidade e traição (os cabelos de Judas são quase sempre ruivos na iconografia medieval), e na sua maneira de andar, dando voltas, nunca em linha reta, nunca direto, nunca franco, cheio de malícia e preferindo a noite ao dia, como todas as criaturas do Diabo. De fato, ao longo dos ramos e das décadas, a personagem de Renart torna-se cada vez mais negativa. De alegre embusteiro no ciclo mais antigo, tornou-se progressivamente cínico, fazendo o mal pelo mal e acabando como a encarnação de todos os vícios.

Durante muito tempo, os historiadores qualificaram o *Roman de Renart* como "literatura popular" e destacaram seu apelo ao folclore e às tradições orais. Na época dos grandes conflitos nacionalistas entre a Alemanha e a França, chegaram mesmo a oposições violentas para saber se aquela oralidade refletia a alma germânica ou o espírito francês. Hoje todos, ou quase todos, concordam que o *Roman de Renart* é uma literatura muitíssimo erudita, que não se baseia no folclore, mas na literatura narrativa, nas fábulas imitadas dos autores antigos, nos textos épicos, nos romances de cavalaria. Os primeiros ramos compilados em língua vernácula foram precedidos de textos latinos, escritos na primeira metade do século XII por clérigos do norte da França, das regiões mosanas e dos países renanos, e já narravam a luta do lobo com a raposa. O texto mais próximo das primeiras versões em francês é o *Ysengrinus* do flamengo Nivard, estabelecido na década de 1150. Nele, os principais protagonistas do *Roman* já tinham papel, nome e características.

Processo na corte do rei Noble
Madeira gravada, numa edição de um *Reinhart Fuchs*,
Estraburgo, Martin Flash, aproximadamente 1496-1497.

Fazer rir era, sem dúvida, o principal intuito dos autores dos ramos mais antigos, os do século XII. Neles, a paródia épica ocupava um lugar de destaque, e os costumes feudais eram ridicularizados. Renart aparece como um pequeno senhor rebelde e batalhador; ele trava contra Ysengrin uma verdadeira guerra privada. Noble não é monarca absoluto, mas um rei que se aconselha com seus barões. Eles possuem castelos, galopam em cavalos de batalha, combatem, pleiteiam diante do conselho do rei, partem em peregrinação, ao mesmo tempo que garantem seu alimento, pois o *Roman de Renart* é, antes de tudo, um grande "romance da fome". Com o tempo, há uma mudança de tom: a zombaria chega ao escárnio, depois à sátira, o humor cede lugar à exposição didática e moral. Renart torna-se um canalha, e cada classe ou categoria social é apresentada com seus defeitos. Os autores denunciam os vícios da época e atacam tanto os reis e os senhores quanto os prelados, monges e ordens mendicantes. Atacam a Cruzada, os costumes judiciários, as práticas religiosas, a onipotência do dinheiro. Condenam o triunfo de Renart, o império da "raposice", isto é, da mentira, da artimanha e da hipocrisia.

Apesar dessas mudanças, o êxito das aventuras da raposa não diminuiu. Os ramos escritos em francês foram traduzidos ou adaptados na maioria das outras línguas europeias e até, na época moderna, para a de outros continentes. Renart pertence doravante à literatura universal. É personagem tão relevante que, em francês, o nome próprio se torna nome comum e substituiu pouco a pouco, entre o século XV e o XVII, a palavra *goupil*, herdada do latim *vulpes*. *Goupil* tornou-se termo arcaico ou precioso, compreendido apenas nos círculos eruditos, e acabou firmando-se, numa revirada excepcional, como nome próprio. Em 1910, Louis Pergaud publicou sua coletânea de novelas *De Goupil à Margot*, e, décadas depois, diferentes autores menos conhecidos dedicaram às crianças vários livros de contos cujo herói é uma raposa e que têm como título *Les aventures de Maître Goupil* [As aventuras de Mestre Raposo]!

Referências

Bossuat, R. *Le Roman de Renart*. Paris, 1967.

Dufournet, J. *Le Roman de Renart*. Paris, 1985, 2 v.

Flinn, J. *Le Roman de Renart dans la littérature française et les littératures étrangères au Moyen Âge*. Paris/Toronto, 1963.

Rivals, C. (org.). *Le rire de Goupil. Renard prince de l'entre-deux*. Toulouse, 1998.

_____. *Le Roman de Renart*. Estrasburgo: E. Martin, 1882-7, 3 v.

Scheidegger, J. R. *Le Roman de Renart ou le texte de la dérision*. Genebra, 1989.

O leopardo inglês
(desde o final do século XII)

A origem e o significado dos leopardos que aparecem nas insígnias dos reis da Inglaterra desde a década de 1190 estão intimamente ligados ao simbolismo medieval desse animal e, mais ainda, à do seu "primo", o leão, recente rei dos animais no final do século XII (no lugar do urso) e atributo quase obrigatório de todos os soberanos, dinastias, chefes e heróis.

Ao contrário do que se poderia pensar, ver um leão vivo não era tão raro no Ocidente no século XII: havia muitas jaulas de animais, e os exibidores de animais iam de feira em feira e de mercado em mercado para mostrá-los. Mas ver um leão em pintura ou escultura era evidentemente mais comum, quase corriqueiro, tantas eram as imagens de leões nas igrejas, nos edifícios civis e nos monumentos fúnebres, nas obras de arte e até nos objetos da vida cotidiana. As igrejas, por exemplo, mostravam leões por toda parte, tanto fora quanto dentro, na nave e no coro, no chão, nas paredes, nos tetos, nas janelas: leões inteiros ou híbridos, representados isoladamente ou fazendo parte de uma cena.

Essa abundância não ocorre apenas na escultura e na pintura monumentais. Na iluminura, por exemplo, aparece na mesma proporção: o leão é o animal representado com mais frequência. Seja qual for o suporte da imagem ou a técnica utilizada, o leão é o grande destaque do bestiário figurado dos séculos XII e XIII, bem à frente de todos os outros animais.

Essa predominância do leão também se encontra nas armas e brasões que surgiram por toda a Europa ocidental entre 1120 e 1160, primeiro nos escudos, para identificar na batalha e no torneio os diferentes combatentes, depois em muitos outros suportes, para mostrar a identidade ou afirmar a propriedade. No fim do século XII, todos os soberanos do Ocidente, assim como parte da nobreza, usavam brasões. Ora, nessas peças o leão é a figura mais frequente: aparece em mais de 15% delas. É uma proporção considerável, já que a águia, único rival do leão no bestiário heráldico, não passa dos 3%. Essa primazia do leão se encontra em todas as regiões durante a Idade Média: no século XII e no século XV, na Europa Setentrional e na Europa Meridional, nas insígnias nobres e nas não nobres, nas insígnias das pessoas físicas e nas das pessoas jurídicas, na heráldica verdadeira e na heráldica imaginária. O famoso adágio "quem não tem armas leva um leão" aparece no século XII em textos literários e é ainda legitimamente citado pelos manuais de brasão do século XVII. Aliás, observa-se que, com exceção do imperador e do rei da França, todos os soberanos da cristandade ocidental tiveram, num ou noutro momento de sua história, um leão em suas armas.

Muito constatada, essa moda do leão nas armas medievais não é bem explicada. É verdade que já havia muitos leões em inúmeros suportes emblemáticos ou em insígnias da Antiguidade e da alta Idade Média, mas a águia e o javali ocorriam na mesma frequência. Além disso, entre o século VI e o XI, em relação à sua posição no mundo greco-romano, o leão parece ter sofrido um grande recuo no simbolismo político e na emblemática guerreira, em todo o Ocidente. Mas, na segunda metade do século XI e em todo o século XII, há uma erupção maciça de leões e de cavaleiros com leão, primeiro como motivos figurados e depois como temas literários. A heráldica surge assim num momento em que a iconografia e o imaginário do leão estão em grande expansão.

Mas nem sempre foi assim. Durante a alta Idade Média, o leão foi, como nos textos bíblicos, um animal ambivalente, e até mais malvisto do que valorizado. Seguindo Agostinho, inimigo declarado do leão e de todas as bestas ferozes, a maioria dos padres da Igreja fez dele um animal diabólico: o leão é violento, cruel, tirânico; sua força não está a serviço do bem, sua goela lembra o abismo do inferno; toda luta contra um leão é luta contra Satã. Vencer o leão, como fizeram Davi e Sansão, é um rito de passagem que consagra os heróis e os santos. Entretanto, certos padres da Igreja e alguns autores adotaram outro ponto de vista: com base no Novo Testamento, viram no leão o "senhor dos animais" e, por isso, uma figura de Cristo. Prepararam assim o terreno para a valorização cristã do leão.

Essa valorização se deu primeiro na época carolíngia, com mais ênfase a partir do ano 1000. Sofreu forte influência dos bestiários latinos e das tradições orientais, sobretudo a das fábulas, em que o leão costumava ser apresentado como "o rei de todas as bestas selvagens" (*rex omnium bestiarum*). A partir de então, em vez de destacar a crueldade do animal e seu aspecto negativo, muitos autores reafirmaram sua força, coragem, generosidade e magnanimidade, qualidades específicas dos reis. Nesse ínterim, sempre sob a influência dos bestiários, o leão recebeu uma forte dimensão cristológica. Cada uma de suas "propriedades", herdadas das enciclopédias antigas e das tradições orientais, foi relacionada a Cristo. O leão que, com a cauda, apaga suas pegadas para despistar os caçadores, seria Jesus escondendo sua divindade e encarnando-se em Maria; ele se fez homem em segredo para enganar o Diabo. O leão que poupa um adversário vencido seria o Senhor que, em sua misericórdia, salva o pecador arrependido. O leão que dorme de olhos abertos seria Cristo no túmulo: a forma humana dorme, mas a natureza divina está vigilante. O leão que com o hálito, no terceiro dia, traz à vida seus filhotes mortos ao nascer é a própria imagem da Ressurreição.

A partir do momento em que o leão assumiu essa importante dimensão cristológica e ocorreu sua promoção em muitos domínios, surgiu, para os autores e artistas, uma questão delicada: o que fazer dos aspectos negativos do leão, o que fazer do "mau leão", citado no livro dos Salmos, em Santo Agostinho, pelos padres da Igreja e em boa parte da cultura clerical da alta Idade Média? Os bestiários, as imagens, os emblemas hesitaram durante certo tempo; depois, na virada do século XI para o XII, encontraram uma resposta original para a pergunta: fizeram do mau leão um animal outro, com nome específico para não ser confundido com o leão cristológico, que então se tornava definitivamente o rei dos animais. Esse animal "tampão" foi o leopardo. Não o verdadeiro leopardo, aquele que conhecemos hoje e que homens e mulheres da Idade Média raramente tinham a possibilidade de ver, mas um leopardo imaginário, dotado de muitas características formais do leão (mas nunca a juba) e de natureza maldosa. Desde o fim do século XII, os textos literários e a jovem heráldica o apresentaram com frequência como um leão decadente, um semileão, e até um inimigo do leão. Retomaram diferentes trechos da *História natural* de Plínio e dos autores que a copiaram, nos quais é explicado que o leopardo é um animal bastardo, fruto dos amores adúlteros da leoa lúbrica com o macho da pantera, o cruel e astuto *pardus*.

O que faz um animal tão negativo nas armas dos reis da Inglaterra e desde quando aparece nelas? Responder a essas perguntas não é fácil. Pode ser que o rei Henrique II, o Plantageneta, tenha usado, desde os anos 1170-1180, um leopardo em suas insígnias (pouco conhecidas), mas foi seu filho e sucessor, o conhecido Ricardo Coração de Leão, quem, em 1194, no momento de entrar na Inglaterra depois de uma Cruzada desastrosa e de um cativeiro na Alemanha de quase dois anos, ostentou pela primeira vez em seu selo um escudo ornado com três leopardos. Esse escudo foi mantido por todos os seus sucessores, até a atual rainha Elisabeth. Mas seriam mesmo leopardos? No modo de ver de Ricardo e de seus contemporâneos, talvez não. É verdade que os três animais não são representados verticalmente, como a maioria dos leões heráldicos, mas horizontalmente; é verdade que sua cabeça não está de perfil, como devem estar os leões de brasão, mas de frente, como ocorre nas imagens de animais ameaçadores e de criaturas do Diabo. Mesmo assim, para Ricardo, eram mesmo leões, figuras "expressivas" que lhe reforçavam o apelido "Coração de Leão", recém-obtido na Terra Santa, sob os muros de São João de Acre, na luta contra os muçulmanos. Aliás, durante décadas, todos os autores que descreveram os emblemas reais da Inglaterra falam de "leões" e não de "leopardos".

Brasão do rei da Inglaterra Eduardo I
De acordo com seu segundo contrassello,
aproximadamente 1285. Londres, P.R.O., L. 34.

O mesmo não ocorreu a partir de meados do século XIII. As insígnias se multiplicaram, o bestiário heráldico se diversificou, a linguagem técnica do brasão que descreve os emblemas tornou-se mais rica e precisa. Desde então, os arautos de armaria — especialistas em tudo o que era referente às armas — distinguiram com cuidado o leão, mostrado sempre com a cabeça de perfil, do leopardo, mostrado sempre com a cabeça voltada para a frente: os animais que aparecem nas armas reais da Inglaterra têm a cabeça de frente, logo, são *leopardos*. Durante três ou quatro gerações, essa denominação parece não ter incomodado ninguém, nem na Inglaterra, nem fora dela. Até metade do século XIV, em todos os textos e documentos, esses altivos animais heráldicos, com o corpo de perfil e a cabeça representada de frente, conservaram seu nome de *leopardos*, apesar das conotações negativas que em outros lugares, sobretudo nas enciclopédias, estavam ligadas à fera de mesmo nome.

Mas isso não durou. A partir dos anos 1360, os arautos de armaria a serviço dos reis da Inglaterra começaram a evitar esse termo, preferindo a expressão inglesa *lions passant guardant* (leões horizontais com a cabeça para a frente). Nos documentos heráldicos, esta se impôs definitivamente no fim do século XIV, sob o reinado de Ricardo II. À estranha substituição terminológica e à passagem de leopardo para leão corresponderam causas políticas e culturais. Em plena guerra franco-inglesa, que não se travava apenas nos campos de batalha, mas se expressava também por considerável literatura de propaganda, os arautos de armaria franceses multiplicavam zombarias e ataques contra o leopardo dos reis plantagenetas — leão mau, animal bastardo, fruto degenerado da cópula da leoa com o macho da pantera —, tal como era apresentado nos textos zoológicos desde Plínio e Isidoro de Sevilha. O leopardo também se tornou a figura pejorativa por excelência nos emblemas atribuídos a personagens literárias (heróis de romance), imaginárias (criaturas mitológicas, vícios e virtudes personificados) ou que tinham vivido antes do surgimento dos emblemas (figuras bíblicas, reis e heróis antigos). Muitos foram, assim, os romances da época do rei Artur que opuseram o escudo com o leão ao escudo com o leopardo. Para o rei da Inglaterra, foi a gota d'água. Ficou impossível manter como emblema heráldico um animal de tão má reputação. Mas era também impossível mudar de insígnias. Seria humilhante, seria ceder à chantagem e à troça dos arautos de armaria e dos panfletários a serviço do rei da França. Por isso, entre 1360 e 1380, sem alterar em nada o desenho, numa simples substituição de palavras, o leopardo inglês voltou a ser definitivamente um leão. Um leão horizontal com a cabeça voltada para frente.

Ele continua lá na armaria da rainha Elisabeth II, ao menos para os heraldistas e arautos de armaria a serviço da Coroa britânica, porque, no resto da Europa, todos os especialistas, todos os manuais e tratados de brasão, todos os historiadores continuam a qualificar de leopardos os três animais que aparecem nas insígnias reais da Inglaterra.

Referências

AILES, A. *The Origin of the Royal Arms of England. Their Development to 1199*. Reading, 1982.

BRAULT, G. J. *Early Blazon. Heraldic Terminologoy in the XIth and XIIIth Centuries*. Oxford, 1972, p. 226.

LONDON, H. S. *Royal Beasts*. Londres, 1956, p. 9-15.

PASTOUREAU, M. *Traité d'héraldique*. 2. ed. Paris, 1993, p. 143-6.

O elefante de São Luís
(1254-1257)

Na Idade Média, todo rei tinha de caçar: isso fazia parte do seu ofício e realçava seu prestígio pessoal. A caçada não era busca de alimento, mas um ritual obrigatório, manifestação de verdadeiro poder e expressão de certo número de direitos. Mas houve reis — não muitos — que não gostavam de caçar. Foi o caso de São Luís, nascido em 1214 e rei da França de 1226 a 1270. Ao contrário do avô, Filipe Augusto, e do neto, Filipe, o Belo, que foram caçadores incansáveis, São Luís não dava mostras de apreciar aquela atividade violenta, quase selvagem. Como indica Jacques Le Goff, nenhum de seus biógrafos nem cronistas contemporâneos falou do santo rei caçando. Mesmo assim, é provável que o soberano tenha se forçado, se não cotidianamente, ao menos de vez em quando, pois nesse assunto, como em todos os outros, ele queria cumprir seus deveres e elevar ao máximo o respeito pela dinastia capetiana e o prestígio da monarquia francesa. Ora, um rei devia caçar, sobretudo nessa época, meados do século XIII, em que a atitude hostil da Igreja em relação à caça começava a se fazer mais discreta. Em matéria de montaria, talvez São Luís preferisse perseguir o veado — animal valorizado pelo forte simbolismo cristológico — em vez do javali. Mas, talvez também, cada vez que lhe era possível, sobretudo na segunda metade de seu reinado, ele optasse pela falcoaria, por ser a caça com aves mais estática, mais silenciosa e menos sangrenta do que a feita com cães.

Se São Luís não amava a caçada, seria talvez porque não suportasse animais, fossem eles selvagens ou domésticos. Ao contrário de seus dois parentes e vizinhos, o imperador da Alemanha e da Itália, Frederico II, e o rei da Inglaterra, Henrique III, ele não mantinha nenhuma coleção de animais, nenhum viveiro real, nenhuma fossa com leões e não procurava demonstrar seu poder por meio da posse ou exibição de animais selvagens. Também não costumava presentear, como faziam outros soberanos, com animais raros e exóticos; quando recebia algum, logo se livrava dele. Enfim, não parece que tenha tido estima especial por um cão ou um cavalo. Suas preocupações e curiosidades eram outras.

Alguns cronistas relataram duas ou três provas desse pouco interesse do santo rei pelo mundo animal. O mais célebre caso foi o do elefante que o sultão do Egito lhe ofereceu em 1254 quando, após uma Cruzada infeliz, algumas semanas de cativeiro e seis anos no Oriente Médio, São Luís se preparava para deixar a Síria e voltar à França. O enorme animal e o rei capetiano não viajaram no mesmo navio. O elefante chegou a Paris depois do monarca, em fins de 1254 ou nos primeiros meses de 1255. Mas o elefante, que havia demorado certo tempo em Avignon e em Lyon, não ficou muito na maior cidade do reino. De fato, querendo se ver livre dele o mais rápido possível, São Luís ofereceu-o ao cunhado, o rei da Inglaterra Henrique III, com quem acabava de se reconciliar, e que, em Londres, já possuía leões, panteras, leopardos, camelos e — raridade das maiores — um gigantesco urso branco oferecido pelo rei da Noruega. Henrique III, como seu pai, João Sem Terra, gostava da caça e de animais. Já havia vários anos que ele desejava, como o imperador Frederico II, possuir um elefante; por isso recebeu com alegria o embaraçoso presente de seu parente real.

A viagem da Síria a Paris fora discreta, mas a de Paris a Londres foi cercada de manifestações e festividades de todo tipo. Muita gente acorreu ao longo do percurso para ver o elefante e, em cada cidade, sua "entrada" foi comparável à de um soberano. Em Beauvais, o bispo veio abençoá-lo; em Boulogne, ofereceram-lhe uma *lacerna maxima* (talvez uma grande capa para protegê-lo da chuva); em Dover, os enviados do rei da Inglaterra vieram recebê-lo.

Desde Paris, o cortejo era conduzido pelo filho caçula do conde de Saboia, Thomas, pois a casa dos condes de Saboia era, em meados do século XIII, muito ligada à casa real da Inglaterra. Conservamos de Thomas de Saboia um magnífico selo em cujo campo figura um elefante. Certos eruditos do século XIX julgaram ver nesse animal a reminiscência dos elefantes de Aníbal que atravessaram os colos alpinos mais de dois séculos antes de nossa era. Hipótese engenhosa, geograficamente ligada aos Alpes e à Saboia, mas historicamente anacrônica. Os príncipes do século XIII não sabiam nada, ou quase nada, de Aníbal e seus elefantes. Aquele que aparece no selo de Thomas de Saboia, preso a um documento datado de 1258, é o mesmo que foi levado em cortejo de Paris a Londres nos primeiros meses de 1255.

Na Inglaterra, o elefante foi ainda mais festejado do que na França. Os moradores de Londres se acercaram dele durante vários dias, mas moderaram o entusiasmo quando o rei pediu que pagassem a alimentação diária do enorme animal, o que já faziam para o famoso urso branco, a quem tiveram de ofertar um colar e uma longa corrente de ouro. Como o urso, o elefante tomava o seu banho diário no Tâmisa, sob o olhar do cornaca que o acompanhara durante toda a viagem, dos criados encarregados de sua manutenção e dos desocupados que apreciavam o espetáculo. Ademais, ao contrário do plantígrado vindo do norte, o elefante teve o privilégio de ser retratado por um célebre historiador e autor de iluminuras: Mathieu Paris. Isso permitiu que sua imagem passasse à posteridade. Monge da abadia de Santo Albano, conselheiro respeitado do rei Henrique III, autor de crônicas que ele mesmo copiou e ornou com iluminuras, Mathieu Paris foi um artista original que praticou o desenho à pena realçado com cores. Esteve duas vezes em Londres para observar o elefante de perto e deixou dois desenhos com iluminuras, um deles acompanhado de detalhada legenda explicativa e de uma imagem do cornaca, chamado de "mestre do grande animal".

O elefante de São Luís num manuscrito das *Chronica majora* de Mathieu Paris. Cambridge, Parker Library, Ms 16, fol. 4.

Esse desenho constitui uma virada importante da representação animal na Idade Média. Não foi a primeira vez que um artista deixou de lado os códigos e atributos da figuração convencional para esboçar ao vivo um animal. Vários leões assim desenhados, como o do célebre *Album* do arquiteto Villard de Honecourt, são anteriores ao elefante de Mathieu Paris, mas era a primeira vez que um artista dizia qual era o indivíduo — e não a espécie — que havia retratado, e a primeira vez que conhecemos, se não o nome exato, ao menos alguns elementos da biografia desse indivíduo. Na história do direito dos animais à imagem, essa foi uma etapa essencial: o animal desenhado estava vivo no momento da representação; foi desenhado individualmente, e não para fazer parte de uma cena ou servir de atributo a uma personagem ou atividade; enfim, ficou individualizado por traços mais ou menos realistas e por uma legenda que diz expressamente qual é a sua identidade. Pela primeira vez, estamos diante de um verdadeiro "retrato", no sentido moderno do termo.

Ignoramos quando e como morreu o elefante de São Luís, que logo passou a pertencer a Henrique III. Sabemos apenas que ainda estava vivo em 1257, data em que era e continuou sendo, junto com o urso branco, estrela da jaula real. Infelizmente, tanto sobre esses animais ingleses como sobre a maioria dos outros viveiros da realeza anteriores ao século XV, as informações são falhas. É lamentável porque a história dessas coleções está sempre ligada à do poder e poderia fornecer informações originais e pertinentes à complexa história das ligações homem-animal.

Mesmo a composição dessas coleções e sua verdadeira natureza são difíceis de estabelecer porque o vocabulário que as designa varia e é ambíguo. Os termos mais frequentes são *bestiarum*, *vivarium* e *claustrum*, mas se referem tanto a fossas ou gaiolas como a parques ou reservas. Além disso, têm vários sentidos: *vivarium*, por exemplo, pode abrigar animais selvagens, ser um parque de veados, uma coelheira, um viveiro ou até um pomar.

Os documentos escritos que tratam dessas coleções são relativamente variados (narrativos, literários, contábeis), mas apenas fornecem informações fragmentadas. É preciso cruzar esses com outros, mais numerosos, que é possível extrair, sobretudo no final da Idade Média, da iconografia e dos arquivos contabilistas: pagamentos para alimentação, guarda, assistência médica, fabrico de gaiolas, correntes, coleiras, roupas e construção de abrigos de todo tipo. Mas faltam, infelizmente, verdadeiros inventários ou registros que indiquem a composição da coleção deste ou daquele príncipe, o lugar e a época. Seria importante descobrir a proporção de animais conhecidos e animais exóticos, animais selvagens e animais domésticos, animais perigosos e animais inofensivos, animais de grande porte e animais de pequeno porte, animais representados por um só indivíduo e por vários, assim como conhecer também a estrutura e a organização dessas coleções, os rituais de aquisição, de oferta e de retribuição da oferta, as práticas de nominação (muitos animais recebem um nome próprio), exibição, deslocamento. Algumas são fixas, outras, itinerantes. Algumas só são vistas pelo príncipe e por sua corte; outras, em certas ocasiões, são abertas ao público. Tais ocasiões se multiplicam no fim da Idade Média, o que possibilita, sobre várias espécies, um olhar novo.

A evolução da composição das coleções é muito instrutiva. Na alta Idade Média predominavam ursos, javalis e leões. Na época feudal, os javalis já não apareciam, os ursos eram menos numerosos, mas aumentou a quantidade de leões, leopardos e panteras. O urso deixou de ser o rei dos animais até na Europa germânica, a tal ponto que, a partir do século XIII, dar um urso já não era um presente de rei, a menos que se tratasse de um urso branco, como o já citado. No final da Idade Média, os animais exóticos, fossem nórdicos (morsas, renas, alces), asiáticos (elefantes, camelos) ou africanos (elefantes, dromedários, macacos, antílopes, onagros e até girafas), eram cada vez mais procurados. Do mesmo modo, desde o fim do século XIV, havia nos viveiros grande número de avestruzes, papagaios e perus. Mas o animal obrigatório continuava sendo, ainda e sempre, o leão, rei dos animais e atributo necessário a todo detentor de poder. Para um príncipe, para uma cidade (Florença, por exemplo) e até para um mosteiro, a morte de um leão sempre representou mau agouro.

Além das coleções e dos animais vivos que os príncipes possuíam, havia os animais empalhados, bem como partes de animais (peles, couros, pelos, crinas, ossos, dentes, garras etc.) conservadas nos tesouros leigos ou eclesiásticos. No caso, os crocodilos, as serpentes e os "dragões" eram os mais procurados e assim continuaram até a época moderna. Também os espetáculos e lutas de animais estavam em ligação direta com essas coleções e curiosidades. Se o "jogo dos ursos e dos leões", isto é, a luta entre esses dois animais, mencionada várias vezes nas canções de gesta, já não existia após o século XIII, os confrontos entre leões e touros apareceram na Espanha e Itália no final da Idade Média, anunciando os rituais tauromáquicos da época moderna.

Referências

Delort, R. *Les éléphants piliers du monde. Essai de zoohistoire*. Paris, 1990.

Druce, G. "The Elephant in Medieval Legend and Art". *The Archeological Journal*, v. LXXVI, 1919, p. 11-73.

Kurt, F. *Das Elefanten Buch*. Hamburgo, 1992.

Le Goff, J. *Saint Louis*. Paris, 1996, p. 258, 691-3.

Pastoureau, M. "Nouveaux regards sur le monde animal à la fin du Moyen Âge". In: Paravicini, A. (ed.) *Il teatro della natura. The Theatre of Nature*. Louvain, 1996, p. 41-54.

O asno de Buridan
(cerca de 1340-1350)

Sem seu asno, que sem dúvida nunca existiu, Jean Buridan não teria o nome conhecido pela posteridade. Seria, no máximo, conhecido pelos especialistas em filosofia medieval. Nascido em Béthune nos últimos anos do século XIII, Buridan fez sérios estudos na Universidade de Paris e, ainda jovem, tornou-se mestre na Faculdade de Artes. Lá lecionou lógica e filosofia da linguagem, mas nunca tratou de teologia. Discípulo de Guilherme de Ockham, comentou Aristóteles e, na querela dos universais que estava de novo na moda, mostrou-se nominalista intransigente. Para ele, a única realidade era o individual; gêneros, espécies e "universais" não existiam — não passavam de palavras e convenções.

A sutileza das demonstrações de Jean Buridan e sua agilidade de espírito logo lhe valeram a admiração dos colegas e alunos, a ponto de ser eleito reitor da Universidade de Paris, em duas ocasiões, 1328 e 1342. Mas tais agilidade e sutileza criaram em torno de seu nome várias histórias, mais ou menos lendárias, que o colocavam em situações delicadas das quais ele conseguia se safar. Um boato insinuou que, quando jovem, ele havia participado das orgias da torre de Nesle, onde, na década de 1310, duas noras do rei Filipe, o Belo, Margarida de Borgonha e sua prima Branca, recebiam os amantes. Jean Buridan teria estado lá, mas, ao contrário dos irmãos Philippe e Gautier d'Aulnay, não fora encontrado, pois, graças a um disfarce, teria conseguido sair da torre e saltar no Sena para chegar à margem direita. Essa história, apesar de não ter fundamento, atravessou os séculos. Villon já se referia ao fato na década de 1460, em sua célebre *Ballade des dames du temps jadis* [Balada das damas dos tempos idos].

O mesmo ocorreu com o famoso asno do qual não há menção nos inúmeros escritos de Buridan. Teria origem numa *disputatio* ou batalha oratória, na qual, como lógico sutil, Buridan brilhava manipulando sofismas e silogismos que levavam seus oponentes a dizer "asneiras"? Ao dissertar sobre o livre-arbítrio, o filósofo teria um dia citado o exemplo de um asno faminto e sedento, colocado entre uma porção de aveia e um balde cheio de água: o que vai ele preferir, comer ou matar a sede? Se sua fome e sede são absolutamente iguais, o que fará? Segundo a historieta, o asno, por não conseguir decidir, acabou morrendo, e a linguagem proverbial logo forjou a expressão "ser como o asno de Buridan" para designar a situação em que o homem é solicitado em direções opostas e não sabe qual escolher. Mas não era essa a opinião de Buridan. Ao defender contra os mestres universitários dominicanos a ideia de que os animais se podem determinar livremente, ele teria sustentado e demonstrado que, longe de se deixar morrer, o asno primeiro bebeu e depois comeu. Indo ainda mais longe, Buridan teria afirmado que não foram os sentidos do asno que o teriam ajudado a se determinar, mas sua razão, seu livre-arbítrio. Seria absurdo acreditar que, colocado diante de tal situação, um animal ou um ser humano pudesse se deixar morrer de fome ou de sede.

Filosoficamente, a questão não é nova. Já fora mais ou menos apresentada por Aristóteles e debatida no século XVII: serão os animais puras máquinas mecânicas, criaturas sensíveis ou seres dotados de razão? Em outros termos — os da escolástica —, os animais possuem uma alma (isto é, um princípio vital) unicamente nutritiva, como os vegetais? Ou terão uma alma que raciocina? A maioria dos teólogos medievais recusa aos animais as capacidades de raciocínio e livre-arbítrio, mas certos autores, como Buridan e, antes dele, Alberto, o Grande, observam que certos animais — qualificados como "superiores" — sonham, reconhecem, deduzem, lembram-se, podem adquirir novos hábitos: são dotados de razão. Resta, porém, saber se tais animais superiores possuem, além disso, como o homem, um princípio moral e um princípio espiritual. Tomás de Aquino nega isso, e Alberto, o Grande, que, seguindo Aristóteles, mostra claramente que o animal é capaz de deduzir e faz uma restrição importante ao destacar que para o animal "os sinais permanecem sinais e nunca se tornam símbolos", duas diferenças essenciais que estabelecem uma fronteira impermeável entre o homem e o animal. Este não percebe o imaterial; toda ideia religiosa, toda noção moral, todo conceito abstrato lhe estão interditos. Mas, até certo ponto, é capaz de raciocinar e de se determinar livremente.

Outras questões, menos ambiciosas, mas também especulativas, existiam na Sorbonne dos séculos XIII e XIV a respeito dos animais. Assim, quanto à vida futura: ressuscitarão após a morte? Irão para o céu, a um lugar especialmente reservado para eles? Todos os animais ou um único indivíduo de cada espécie? Ou então, a respeito de sua vida terrestre: podem trabalhar aos domingos? Devem observar os dias de jejum? E, sobretudo, devem ser tratados aqui na Terra como seres moralmente responsáveis, capazes de saber o que é o bem e o mal? Algumas dessas perguntas provocam riso. Mas é um engano. Não podemos nem devemos — ainda mais se formos historiadores — projetar no passado nossos conhecimentos, conceitos e sensibilidades tal como são hoje. Não eram os de ontem e decerto não serão os de amanhã. Nossos saberes atuais não são verdades absolutas e definitivas, mas apenas etapas na história movente do saber. Se o pesquisador não admitir isso, cairá num cientificismo redutor e num positivismo incompatível com a pesquisa histórica.

Foi, entretanto, nessa armadilha do anacronismo que caíram alguns historiadores da zoologia. Recusando-se a estudar o discurso zoológico medieval à luz da própria cultura medieval, quiseram compará-lo ao discurso da ciência contemporânea, o que os levou a ironizar afirmações ou crenças deste ou daquele autor e a escrever frases como estas, encontradas em uma história da zoologia bastante citada e de autoria de dois renomados historiadores da ciência:

> A Idade Média é um período estéril e decadente, em particular sob o aspecto científico. Quanto à zoologia, mantém a maioria das fábulas absurdas da Antiguidade, inventa outras e não sabe de modo algum fazer observações positivas [...]. As

tolices que se encontram nos bestiários mostram bem a credulidade dos que as escreviam, liam ou difundiam [...]. Não insistiremos nessa literatura que está mais próxima do folclore do que da ciência. (G. Petit e J. Théodorides, *Histoire de la zoologie, des origines à Linné*, Paris, 1962, p. 123)

Tais palavras são indignas da autoria de pretensos historiadores. Mostram que seus autores nada entenderam do que é a História. O passado, sobretudo o passado longínquo, não pode ser compreendido (e ainda menos medido) pelos critérios dos conhecimentos, sensibilidades e valores atuais. No campo da história intelectual e cultural, o "cientificamente correto" não só é detestável do ponto de vista ideológico, mas também do ponto de vista metodológico, e fonte de muitas confusões, erros ou absurdos.

O asno de Buridan não foi escolhido ao acaso para tratar da questão do livre-arbítrio dos animais. No dizer das enciclopédias da Idade Média, é um dos animais mais estúpidos e obstinados da Criação. Tanto em latim como nas línguas vernaculares, muitos são os provérbios, trocadilhos, expressões e injúrias que destacam sua estupidez e teimosia. Já existiam, aliás, na Roma antiga, e não desapareceram até hoje. O "chapéu de burro", por exemplo, não foi uma criação do século XIX nem da escola da Terceira República*. Aparecia já no século XII, nas escolas episcopais, e provavelmente pesquisas específicas conseguiriam encontrar vestígios em documentos anteriores.

No fim da Idade Média, a figura do asno estúpido, ignorante e vaidoso era tão comum que até recebeu um nome: Aliboron (que se tornaria no século XVII, em francês, um substantivo comum, designando qualquer asno). Esse nome, cuja etimologia é controversa, talvez seja a corruptela do nome de um filósofo árabe, al-Biruni. Atestado desde meados do século XV, foi utilizado por Rabelais ("Mestre Aliboron") e outros autores do século XVI para designar uma personagem pedante e limitada. É um eco do velho tema do asno músico, já presente em várias fábulas antigas, que atravessou os séculos e que também enfatiza a ignorância e a estupidez desse animal.

Aliás, não são apenas esses os únicos vícios que as tradições antigas e medievais associam ao asno.

---

* Terceira República Francesa é o nome do regime vigente na França e o correspondente período da história francesa. Durou de 1870, com a queda de Napoleão III durante a Guerra Franco-Prussiana, a 1940, com a invasão nazista da França e o estabelecimento do regime de Vichy. (N.E.)

Além de tolo e ignorante, ele também é turrão, preguiçoso e, sobretudo, lúbrico. Felizmente, essa simbólica não é apenas negativa; autores do século XIII lhe atribuem também virtudes: o asno é humilde, sóbrio, paciente e, se o dono souber lidar com ele, pode ser corajoso, trabalhador e pacífico; é um animal injustamente maltratado, um ser que sofre, uma vítima e, como tal, tem forte dimensão cristológica. Por isso, há muito tem um lugar no presépio natalino e serve de montaria para Jesus no momento da fuga para o Egito e no dia de sua entrada em Jerusalém.

Referências

ADOLPH, H. "The Ass and the Arp". *Speculum*, v. XXV, 1950, p. 49-57.

BATAILLARD, C. "Les ânes légendaires". *Mémoires de l'Académie de Caen*, 1873, p. 235-50.

FARAL, E. "Jean Buridan, maître ès arts de l'Université de Paris". *Histoire littéraire de la France*, v. 38, 1949, p. 462-606.

PASTOUREAU, M. "L'animal et l'historien du Moyen Âge". In: BERLIOZ, J., POLO DE BEAULIEU, M. A. (org.) *L'animal exemplaire au Moyen Âge (V^e-XVe s.)*. Rennes, 1999, p. 13-26.

VISCHER, L. "Le prétendu culte de l'âne dans l'église primitive". *Revue de l'histoire des religions*, v. 139, 1951, p. 14-35.

A porca de Falaise
(1386)

No início de 1386, em Falaise, na Normandia, ocorreu um fato insólito. Uma porca de três anos, envolta em roupas masculinas, foi arrastada por uma égua desde a praça do castelo até a aldeia de Guibray, onde havia sido instalado um cadafalso no largo da feira. Lá, diante de uma multidão heterogênea, composta do visconde de Falaise e seu séquito, de moradores da cidade, de camponeses vindos das terras vizinhas e de uma multidão de porcos, o carrasco mutilou o animal, cortando-lhe o focinho e uma coxa. Depois, colocando-lhe uma espécie de máscara com cara de gente, pendurou-o pelas patas traseiras numa forquilha de madeira especialmente preparada para tal e o deixou nessa posição até a morte se consumar. O que sem dúvida aconteceu rapidamente, porque o sangue escorria dos ferimentos do animal. Mas nem assim o espetáculo terminou. A égua foi de novo trazida, e o cadáver da porca, depois de um simulado estrangulamento, foi amarrado numa grade para que o ritual infame do arrastamento pudesse recomeçar. Afinal, depois de várias voltas na praça, os restos despedaçados do infeliz animal foram postos numa fogueira e queimados. Ignoramos o que foi feito das cinzas, mas sabemos que, tempos depois, a pedido do visconde de Falaise, foi executada uma grande pintura mural na igreja da Santíssima Trindade para conservar a lembrança do acontecido.

Tal fato foi insólito sob todos os aspectos. O disfarce da porca em homem, as mutilações corporais, o duplo arrastar ritual e, sobretudo, a presença de congêneres suínos no local do suplício, tudo foi muito excepcional. Em compensação, o que talvez tenha sido menos, nesse final do século XIV, foi a execução pública de um animal que, tendo cometido um crime ou delito grave, comparece diante de um tribunal, é julgado e condenado à morte por uma autoridade leiga. Foi esse o caso da porca de Falaise, culpada de ter matado um bebê e cujo processo, ao contrário de muitos outros, deixou vestígios nos arquivos.

São documentos dos arquivos judiciais que quase sempre permitem conhecer essas estranhas cerimônias. E, mais ainda do que o (raríssimo) relato da execução, ou até mesmo do que o texto da sentença que a reclama, são simples menções contábeis que guiam o historiador na pista de tais processos. Enquanto aguardava o julgamento, o animal ficava preso: logo, era preciso alimentá-lo, pagar o carcereiro e eventualmente o proprietário do local. Isso

Execução da porca infanticida de Falaise
Gravura romântica de C. Lhermitte (detalhe)
segundo uma pintura mural do século xiv, *c.* 1840.

poderia durar de uma a três semanas. Era preciso também pagar o carrasco e seus ajudantes, bem como os carpinteiros, pedreiros e diversos profissionais que instalavam o patíbulo ou preparavam os instrumentos do suplício. Além disso, para procurar o animal culpado, escoltá-lo até a prisão, levá-lo ao seu destino fatal, era necessária a ajuda de sargentos e guardas. Punir o crime custava muito caro na Idade Média. Todas essas quantias eram cuidadosamente anotadas nos registros contábeis da autoridade judiciária ou de um tabelião, junto com os nomes dos beneficiários e, às vezes, a indicação de algumas precisões sobre as tarefas cumpridas. Para a leitoa de Falaise, por exemplo, sabemos, por um recibo de 9 de janeiro de 1386, passado diante de um tabelião chamado Guiot de Monfort, que o carrasco da cidade recebeu dez soldos* e dez dinheiros pelo trabalho, com o que se sentiu "bem contente"; depois, de novo, dez soldos para comprar um novo par de luvas. Quantia considerável para um par de luvas, mas as antigas tinham recebido uma mancha material e simbólica de tal importância que era preciso, sem dúvida, ir além da mera indenização.

Sobre esse caso, um dos mais bem documentados entre sessenta processos encontrados na França do século XIII ao XVI, sabemos ainda outras coisas. O visconde, isto é, o magistrado real, chamava-se Regnaud Rigault. Foi visconde de Falaise de 1380 a 1387. E sem dúvida deve ter sido ele quem pronunciou a sentença e presidiu a cerimônia de execução. Talvez também tenha sido ele quem teve a espantosa ideia de convidar os camponeses para assistir a tudo não só com a família, mas também com seus porcos, a fim de que o espetáculo da porca supliciada "servisse de lição". Por fim, foi ele quem pediu que fosse feita a pintura na Igreja da Trindade para conservar a lembrança do acontecido.

---

* Dinheiro e soldo eram unidades monetárias vigentes na França medieval. Doze soldos equivaliam a um dinheiro, e um dinheiro equivalia a uma libra, que equivalia ao valor de uma libra (cerca de 409 gramas) de prata. (N.E.)

Essa pintura teve uma história atribulada. Feita na nave pouco tempo após o suplício, ela desapareceu, junto com boa parte da igreja, no momento do terrível cerco imposto à cidade pelo rei da Inglaterra Henrique v no outono de 1417. Foi refeita em data desconhecida, segundo um modelo difícil de imaginar, numa parede do braço sul do transepto. Ainda lá podia ser vista durante o Antigo Regime e sob o período do Império. Mas, em 1820, toda a igreja foi caiada de branco, e a curiosa pintura mural parece perdida para sempre. Houve, porém, autores antigos que deixaram uma descrição dessa pintura:

> O traço peculiar é pintado a fresco no muro ocidental da ala ou cruzeiro meridional da igreja da Santíssima Trindade de Falaise. A criança devorada e seu irmão são representados nessa parede, perto da escada do campanário, deitados lado a lado num berço. Depois, no meio da parede, estão pintados o patíbulo, a leitoa vestida como uma pessoa, que o carrasco enforca na presença do visconde a cavalo, de chapéu de pluma, o punho apoiado à cinta, olhando a cena. Sabemos até que a porca vestia paletó, calções, calças nas patas traseiras, luvas brancas nas patas da frente, e que foi enforcada de acordo com a sentença proferida pelo abominável crime. (G. Langevin, *Recherches historiques sur Falaise*, 1826, p. 12-3)

O crime foi cometido durante os primeiros dias de janeiro. O bebê no berço tinha três meses; chamava-se Jean le Maux, e o pai era pedreiro. A porca perambulante, que ignoramos a quem pertencia, devorou o braço e parte do rosto do menino, "a tal ponto que ele morreu". O processo durou nove dias, durante os quais a porca teve de ser alimentada e vigiada. Foi assistida por um defensor. Ele não foi muito eficiente — a tarefa era mesmo difícil —, visto que sua "cliente" foi condenada à morte, depois de sofrer as mesmas mutilações que havia infligido à vítima. O visconde exigiu que o suplício ocorresse na presença do proprietário do animal — "para fazê-lo sentir vergonha" — e do pai do bebê — "como castigo por não ter cuidado bem do filho". A sentença foi comunicada ao animal enjaulado como se o prisioneiro fosse um homem ou mulher. Nenhum padre, porém, foi chamado para confessá-lo.

Parece que tais disposições eram frequentes em processos desse tipo. O proprietário do animal nunca era responsabilizado pela lei. Às vezes, pediam-lhe que fizesse uma peregrinação, mas, em geral, a perda do bacorinho, do cavalo ou do touro já valia como castigo suficiente. O culpado não era o homem, mas o bicho. Aliás, foi a ele que pôde ser feita — excepcionalmente, ao que parece — a pergunta. Assim como no caso de outra porca, que, em 1457, em Savigny-sur-Étang, na Borgonha, confessou (!)

sob tortura ter matado e devorado uma parte de Jehan Martin, de cinco anos, sinistra refeição que partilhou com seus seis porquinhos.

A respeito de tortura, percebe-se que, ao longo dos anos, aumentou a vontade de infligir sofrimentos ao animal declarado culpado antes de executá-lo. Conviria fazer comparações entre a evolução do castigo para o animal e para o ser humano, do século XIII até o século XVII. Será que para homens e mulheres condenados à pena capital houve, a partir do final do século XIV, um aumento dos sofrimentos infligidos antes da morte? Sobretudo quando o crime foi cometido em circunstâncias ou de maneiras julgadas agravantes: astúcia ou premeditação, sanha contra a vítima, crueldades e "excessos" de todo tipo, quantidade de sangue derramado etc. Tais circunstâncias agravantes sempre foram levadas em conta nos processos contra animais e influenciaram os suplícios e rituais que precediam ou seguiam a execução; exposição, arrastamento, mutilações, humilhação e destruição do cadáver. Às vezes, a circunstância agravante tinha ligação com o dia ou período do ano em que o crime fora cometido. Assim, em 1394, em Mortain, na Normandia, um porco foi arrastado e humilhado antes de ser enforcado não apenas por ter matado uma criança, mas também por ter devorado parte do seu corpo numa sexta-feira, dia de abstinência de carne.

Apesar de seu imenso interesse, seja no plano histórico e jurídico como no plano antropológico, esses processos de animais, que existiram em quase todo o Ocidente do século XIII ao XVII, ainda aguardam que seus aspectos essenciais sejam estudados por historiadores. Apenas alguns juristas e historiadores do direito mostraram interesse por eles no século XIX e início do século XX. Alguns dedicaram toda ou parte de suas teses ao assunto, considerado então "divertido", recreativo e até libertino. Um dos primeiros que adotou outro ponto de vista e sentiu a profunda dimensão antropológica do assunto foi o grande Karl von Amira (1848-1930), renovador da etno-história do direito germânico, fundada na época romântica. Infelizmente, seu estudo não foi muito longo nem teve seguidores. A história "menor" pôde continuar considerando os processos de animais como "coisas ridículas" do passado.

Na realidade, pesquisar tal questão não é tarefa fácil. Os arquivos desses processos estão quase sempre reduzidos a fragmentos, às vezes dispersos em acervos labirínticos. Tanto na França como em outros países, a organização das antigas instituições de justiça é tão complexa que os pesquisadores hesitam em se aventurar nos arquivos por elas organizados. E, no entanto, para a história da vida cotidiana, assim como para a dos fatos sensíveis, os arquivos judiciários são sem dúvida os mais ricos que a Idade Média nos deixou. Além disso, para o tema deste livro, alguns jurisconsultos dos séculos XV, XVI e XVII prepararam de certo modo o terreno: ao indagar qual a legitimidade e eficácia de tais processos, formaram várias coletâneas de jurisprudência, por vezes verdadeiros tratados, que, embora com lacunas, podem servir de ponto de partida para nossa pesquisa.

O destaque do bestiário jurídico é sempre e em toda a parte o porco. Em nove entre dez casos, era sempre ele que estava diante do tribunal, a tal ponto que, para o pesquisador, a história desses processos de animais logo se transforma em uma antropologia histórica do porco. Há vários motivos para tal primazia. O principal reside, sem dúvida, na lei do número. Entre os mamíferos, o porco era sem dúvida o mais numeroso na Europa até o início da época moderna. Ao contrário do que se pensa, o carneiro vinha abaixo dele. De fato, essa população suína estava distribuída de modo desigual e pareceu diminuir a partir de meados do século XVI, mas o peso do número permaneceu. A arqueozoologia não mostra muito bem tal abundância de suínos. Em matéria de criação de gado e de consumo de carne, ela baseia suas estimativas no número de ossadas encontradas e, por isso, com tendência a subestimar o número de suínos em relação aos ovinos ou bovinos. Ao proceder assim, ela esquece que "no porco tudo é bom" e que seus ossos servem para fabricar uma porção de objetos e produtos (sobretudo a cola). Ademais, do ponto de vista metodológico, é discutível admitir que o número de animais domésticos vivendo em determinada época e em determinado território é proporcional ao número de ossadas encontradas.

Os porcos eram, além de mais numerosos, os que mais perambulavam. Na cidade, onde faziam as vezes de lixeiros, estavam em todas as praças, em todas as ruas, em todos os jardins e até nos cemitérios (onde tentavam desenterrar os cadáveres). Apesar das proibições das autoridades municipais, reiteradamente repetidas em todas as cidades europeias do século XII ao XIV, a perambulação dos porcos fazia parte da vida cotidiana. Em certas cidades — Nápoles, por exemplo —, isso se manteve até o início do século XX. Sendo assim, não é de admirar que esses ambulantes provocassem prejuízos e acidentes com mais frequência do que os outros animais.

Mas há outra razão que explica a presença do porco no tribunal: seu parentesco com o homem. Para as sociedades antigas, o animal mais próximo do homem não era o urso (apesar da aparência e de suas supostas práticas de acasalamento semelhantes às do homem), e menos ainda o macaco (só no século XVIII é que essa aproximação foi seriamente considerada), mas o porco. A medicina já sabia disso e, da Antiguidade até pleno século XVII, estudou a anatomia do corpo humano a partir da dissecação do porco, com a ideia de que a organização interna desses dois seres era próxima (o que a biologia contemporânea confirma quanto ao aparelho digestivo, ao aparelho urinário, aos tecidos e ao sistema cutâneo).

Além disso, na Europa cristã, tais práticas permitiam contornar as proibições da Igreja, que condenava a dissecação do corpo humano. Seu estudo, portanto, era feito a partir da dissecação do varrão ou da bácora.

Das entranhas do corpo às da alma só falta um passo. Certos autores sentiram a tentação de dar esse passo ou, pelo menos, se indagaram se o parentesco anatômico não acarretava um parentesco de outra natureza. Seria o porco, como o homem, responsável por seus atos? Seria capaz de compreender o que é o bem e o que é o mal? E, além do caso do porco, seria possível considerar todos os animais domésticos de grande porte como seres morais e perfectíveis?

Referências

AMIRA, K. von. "Thierstrafen und Thierprocesse". *Mitteilungen des Instituts für Oesterreichische Geschichtsforschung*, XII (1891), p. 546-606.

BERKENHOFF, H. A. *Tierstrafe, Tierbannung und rechtsrituelle Tiertötung im Mittelalter*. Leipzig, 1937.

CHÈNE, C. "Juger les vers. Exorcismes et procès d'animaux dans le diocèse de Lausanne (XVe-XVIe siècles)". *Cahiers Lausannois d'histoire médiévale*, v. 14. Lausanne, 1995.

EVANS, E. P. *The Criminal Prosecution and Capital Punishment of Animals*. Londres, 1906.

HYDE, W. W. "The Prosecution of Animals and lifeless Things in the Middle Age and Modern Times". *University of Pennsylvania Law Review*, v. 64, 1916, p. 696-730.

PASTOUREAU, M. "Une justice exemplaire: les procès intentés aux animaux (XIIIe-XVIe s.)". *Cahiers du Léopard d'or*, v. 9 (*Les rituels judiciaires*, 2000. p. 173-200.

Gravura anônima em madeira, copiando a de Dürer,
fim do século XVI.

O rinoceronte de Dürer
(1514-1516)

Em 20 de maio de 1515, chegou a Lisboa o animal mais extraordinário visto na Europa havia mais de um milênio: um rinoceronte. Não era a primeira vez que um desses monstros pisava em solo europeu, pois os imperadores romanos o haviam feito lutar nos jogos circenses, mas fazia já muito tempo, e, apesar das poucas linhas que lhe dedicara a *História Natural* de Plínio, a memória se tinha perdido e estava bastante distorcida, a tal ponto de o saber medieval associar por muito tempo o *monoceros* verdadeiro, conhecido dos gregos e dos romanos, ao unicórnio, animal quimérico herdado das tradições orientais e astro de todos os bestiários.

Descrito por um médico oriental no século v a.C., o unicórnio dos bestiários medievais não apresenta nenhuma semelhança com o rinoceronte, a não ser o longo chifre na testa. Quanto ao resto, é totalmente compósito: possui corpo de cavalo, cabeça de cabra, rabo de leão, patas de touro. É uma criatura temível que trespassa com o chifre quem a enfurece. Para se apoderar desse chifre, que dispõe de poderes miraculosos, sobretudo o de eliminar os efeitos do veneno, os caçadores utilizavam um ardil. O animal sentia atração pelo odor de moças virgens; quando uma se sentava na floresta, o unicórnio vinha encostar a cabeça no seu seio e adormecia; os caçadores surgiam então do mato e capturavam o animal e sua preciosa protuberância, que ficou conservada nos tesouros de igrejas e mosteiros (trata-se, em geral, de um dente de narval). Tal cena da caça ao unicórnio apareceu com frequência nas imagens, sobretudo a partir do século XIII.

Não era um gracioso unicórnio que adentrava o porto de Lisboa naquele 20 de maio de 1515, mas um autêntico rinoceronte adulto, com mais de seis pés de altura e pesando algo que, hoje, estaria em torno de duas toneladas. Chegava de Goa com uma carga preciosa de especiarias, objetos de charão e madeiras exóticas destinada ao rei de Portugal, D. Manuel I. O conjunto era um presente enviado pelo sultão de Cambaia, desejoso de manter boas relações com os portugueses, recentemente instalados na costa ocidental da península indiana. A viagem durara três meses e exigira uma grande quantidade de forragem para alimentar o enorme bicho. Várias vezes foi preciso fazer escala no litoral africano para renovar as provisões, pois a viagem marítima abrira o apetite do paquiderme, que se mostrou mais voraz do que o previsto, mas foi uma viagem sem percalços. Além de chegar a Portugal são e salvo, depois de ter passado pelo cabo da Boa Esperança e atravessado duas vezes o equador, o animal estava em ótima forma. Os marinheiros gostaram dele e deram-lhe o nome de Ulisses, enquanto os cornacas indianos que o acompanhavam continuaram a chamá-lo *Ganda*, nome que designa o rinoceronte em híndi e em bengali.

D. Manuel ficou encantado com o presente. Era um soberano esclarecido, cuja corte formava um grande centro de atividades artísticas, literárias e científicas. O rinoceronte foi, durante meses, a atração principal. Médicos e cientistas vieram de toda a Península Ibérica e até da Itália para estudar o animal insólito. A pele e o corno do bicho suscitavam verdadeiro espanto: a primeira era grossa, dura e plissada na altura das coxas; o segundo, em cima do nariz, não estava preso aos ossos da face, mas parecia de uma firmeza a toda prova.

Entretanto, a curiosidade de D. Manuel tinha outro objetivo. Como homem de poder, ele morria de vontade de saber quem era o mais forte de todos os animais: o rinoceronte ou o elefante. Para isso, imaginou uma luta entre eles numa arena especialmente preparada para a ocasião. Desde a Antiguidade, muitos textos indicavam que os dois animais eram inimigos ferozes, e, por isso, toda a Lisboa aguardou ansiosa pelo espetáculo. Ele ocorreu no dia 3 de junho de 1515. Mas o rei e os espectadores ficaram decepcionados: intimidado, muito jovem, em má forma, o elefante recusou o confronto e esgueirou-se de todos os ataques do adversário. O rinoceronte foi declarado vencedor e proclamado "o mais forte de todos os animais terrestres". A notícia de sua vitória espalhou-se pela Europa e modificou durante décadas o simbolismo animal. O trono do leão chegou até a ficar abalado: o que valia, de fato, um simples leão diante de tal rinoceronte? Pouca coisa, sem dúvida. Teria lutado melhor do que o elefante? Provavelmente não. Mereceria ainda o título de "rei dos animais"? Três gerações de autores fizeram essa difícil pergunta até os anos 1580-1600, e, em todos os livros de emblemas e nas coletâneas de divisas impressas no século XVI, o rinoceronte foi apresentado, se não como rei, ao menos como o mais forte de todos os animais. Substituiu nesse papel o touro e o urso, tão caros às tradições antigas e medievais.

Ao fim de alguns meses, o rei de Portugal decidiu oferecer ao papa Leão X aquela maravilha da natureza. Já um ano antes, por ocasião da eleição do sumo pontífice, ele lhe oferecera um elefante que era a alegria de todos os moradores de Roma. Mas, dessa vez, o presente era ainda mais original:

Leão x, pessoa culta, grande caçador, mais interessado em história natural do que em teologia, havia de apreciar tal presente. Ulisses embarcou em Lisboa no início de dezembro, mas dessa vez a viagem foi difícil. O mar estava revolto, e foi preciso fazer várias escalas. Em Marselha, o rei Francisco I veio visitá-lo. Depois voltaram imprudentemente para o mar, apesar da tempestade. O navio se arrebentou contra os rochedos ao largo de Porto Venere, perto de Gênova, no final de janeiro de 1516. O enorme animal que, no ano anterior, fizera sem problema a interminável viagem de Goa a Lisboa, morreu no mar de um litoral dos mais frequentados e menos perigosos do Mediterrâneo! Tradição não documentada conta que seu corpo encalhou, semanas depois, numa praia perto de Livorno, e que os habitantes o mandaram empalhar e enviaram de presente ao papa.

Em Lisboa, o rinoceronte de D. Manuel não atraiu apenas médicos e sábios. Também artistas vieram admirá-lo, e muitos fizeram o seu "retrato". Infelizmente, não foi conservado nenhum desenho nem esboço desses retratos feitos ao vivo. Em compensação, temos em vários exemplares uma gravura em madeira feita por Dürer que valeu ao animal uma celebridade eterna. Essa gravura não foi feita em Lisboa, mas em Nurembergue, no ateliê do artista, então no ápice da glória, provavelmente a partir de um desenho que lhe enviara um tipógrafo português, Valentim Fernandes. Antes de sua famosa viagem aos Países Baixos nos anos 1520 e 1521, Dürer tinha feito contatos com as feitorias portuguesas de Antuérpia e de Bruges, e mantinha correspondência regular com artistas, eruditos e comerciantes que viajavam a Lisboa. No desenho enviado ao amigo, Fernandes anexara um texto curto que Dürer mandou traduzir para o alemão e gravou no alto da prancha: "No ano 1515, foi oferecido a nosso rei em Lisboa um animal proveniente das Índias Orientais e chamado rinoceronte [...]. Ele tem a cor do sapo e é todo coberto de placas espessas; estas são mais baixas do que as do elefante, do qual é inimigo mortal. Possui na ponta do nariz um chifre forte e afiado que lhe serve como arma de combate. Graças a esse chifre e à pele também tão dura, ele parece invencível [...]".

Dürer usou livremente o desenho recebido de Portugal, o qual deve ter usado a mesma liberdade em relação ao animal real. Assim, na gravura, a estranha pele do monstro mais parece placas de armadura de metal, e há um segundo chifre em suas costas, menor do que o chifre nasal e de feitio espiralado. Certas espécies de rinocerontes têm mesmo dois chifres, mas são as espécies africanas, nunca as asiáticas; e o segundo chifre fica no nariz, atrás do primeiro, e não nas costas. De onde vem o chifre dorsal figurado por Dürer? De um erro de interpretação? De uma imagem anterior, que desconhecemos, representando um rinoceronte da África? Da osmose com a imagem de certas armaduras que apresentam protuberâncias pontudas nos ombros? O mistério permanece.

No mesmo ano de 1515, Hans Burgmann, ativo gravador em Augsburg, também talhou uma madeira representando o rinoceronte de Lisboa, provavelmente segundo uma fonte diferente daquela utilizada por Dürer. O animal não apresenta nenhum chifre dorsal e tem as patas da frente amarradas por uma corda. Dessa segunda gravura, ao contrário da de Dürer, só se dispõe de um único exemplar, conservado em Albertina de Vienne.

O rinoceronte de Dürer teve êxito e posteridade consideráveis. A gravura foi copiada, imitada, remanejada dezenas de vezes; apareceu em muitos livros de história natural e de curiosidades, e obteve reconhecimento até o século XVIII. Em 1741, um comandante de navio neerlandês chamado Douwe Moret van der Meer mandou para a Europa outro rinoceronte, proveniente da península indochinesa e que ele comprara para fins comerciais. Até 1758, exibiu seu animal em todas as cidades e cortes europeias, cobrando (bem caro) pelo privilégio de vê-lo. Vários pintores o retrataram, sobretudo Oudry em Paris (1749) e Longhi em Veneza (1751), e alguns soberanos tentaram em vão comprá-lo. Decepcionado com a recusa de Van der Meer, Luís XV conseguiu, anos depois, graças ao governador francês de Chandernagor, adquirir um rinoceronte indiano, menor do que os dois anteriores. Ele foi instalado no viveiro de Versalhes e, depois, em plena Revolução, transferido com o que restou dessa coleção para o Jardin des Plantes, onde morreu em 1797.

Referências

CLARKE, F. H. *The Rhinoceros from Dürer to Stubbs*. Londres, 1986.

DA COSTA, A. F. *Deambulations of the Rhinoceros of Muzafar King of Cambiaia, from 1514 to 1516*. Lisboa, 1937.

MILLET, P. *Le rhinocéros dans l'art, de la préhistoire à nos jours*. Rouen, 1995.

RODOCANACHI, E. *Rome au temps de Jules II et de Léon X*. Paris, 1912.

Os cães de Carlos IX
(1561-1574)

Príncipes estranhos, mais ou menos degenerados, os dois últimos reis franceses da dinastia dos Valois parecem ter amado mais os cães do que os seres humanos. Tinham a quem puxar, já que seu avô, Francisco I, segundo palavras de Brantôme, costumava declarar que, para receber em casa dignamente um hóspede ilustre, era preciso garantir que, logo ao chegar, seu olhar "se deleitasse com a presença de uma bela mulher, de um belo cavalo e de um belo cão". O pai deles, Henrique II, não era muito diferente, pois gastava fortunas para manter seus cãezinhos brancos, que eram alimentados a leite e pão, este preparado especialmente por um padeiro que passava o dia inteiro para cumprir essa única tarefa. Os arquivos contábeis do palácio atestam que esse personagem, chamado Antoine Andrault, era o mais bem pago de todo o serviço de panificação do rei.

Carlos IX (1561-1574), que era apaixonado pela caça, também gostava muito de cães. No final do seu reinado, ele mantinha dois enormes dogues que a rainha da Inglaterra lhe enviara. Eles deviam ser bem assustadores porque sabemos que, em novembro de 1572, foi pago a um pobre tintureiro de Chaillot a quantia (enorme) de 25 libras como indenização pela perda de sua única vaca que os dois canzarrões do rei tinham matado ao voltar da caça. No mês seguinte, foi um lavrador de Meaux que recebeu a quantia de doze libras para "tratar do seu filho ferido pelos cães de Monsenhor o rei".

Mas Carlos IX gostava também dos cães menores. Sua cadela preferida, chamada Curta por causa do tamanho das patas, costumava partilhar com ele o leito, o banho e a refeição; o rei encomendara para ela uma roupa de dormir de veludo verde com que um criado a vestia no momento de deitar; de manhã, ela patinhava na bacia real, subia até a mesa e comia as guloseimas que seu dono lhe oferecia; os cronistas afirmam que ela tinha nítida preferência pelo marzipã. Quando morreu, em 24 de agosto de 1570, exatamente dois anos antes da noite de São Bartolomeu, a tristeza do rei foi imensa. Ele teve a ideia estranha — tudo nesse príncipe era estranho — de mandar curtir seu couro e fazer com ele um par de luvas que usou diariamente durante meses. Pediu também a Ronsard para compor o epitáfio dela, "a mais amante das amigas", obrigação que o príncipe dos poetas cumpriu com certa ironia:

> Depois que a morte a colheu,
> Ainda o Rei dela se serviu,
> Mandando curtir seu couro forte,
> Em luvas que sua majestade veste.
> Curta, assim, morta e viva serviu
> A seu Rei com serviço perfeito.

Os eruditos tentaram descobrir a que raça Curta pertencia. Tarefa difícil, para o século XVI, bem como para todas as épocas anteriores: além de o léxico ser muito impreciso na matéria e bem diferente do que é usado em nossos dias, os incessantes cruzamentos e recruzamentos para "melhorar" (?) as raças caninas tornaram impossível qualquer identificação e até qualquer comparação com as raças atuais. Talvez a cadela preferida de Carlos IX fosse da grande família dos bassês, mas disso não há nenhuma certeza.

Henrique III (1574-1589), irmão e sucessor de Carlos IX, também foi apaixonado por cães. Mas gostava dos minúsculos. Todos os contemporâneos viram-no carregar três numa cesta ricamente ornada, que trazia sempre ligada ao pescoço por uma longa fita: "durante a caminhada, a cesta pendia do

Galgo na corte de Francisco I
Gravura anônima nos *Monuments...* de Bernard de Montfaucon, v. IV, 1732.

seu lado esquerdo; quando ele se sentava, ela ficava no seu colo; não a largava na hora de escutar o sermão nem quando recebia em audiência os embaixadores". Pierre de L'Estoile, de quem foi tirada essa citação, conta também, em suas *Mémoires journaux* [Memórias diárias], que a manutenção dos citados cãezinhos custava "mais de cem mil escudos de ouro" (sem dúvida, uma quantia exagerada) e que o rei "tinha na corte, com ótimos salários, uma multidão de homens e mulheres cuja única função era alimentar os cães". Jacques-Auguste de Thou, o grande bibliófilo, acrescenta que Henrique III "gastava também grandes quantias com macacos, papagaios e outros animais de países estrangeiros dos quais tinha sempre muitos; às vezes se fartava e dava todos, depois a paixão por esses animais voltava e era preciso então achar outros rapidamente, a qualquer preço". Prova disso é o colar da ordem do Espírito Santo que, mais uma vez nas palavras de Brantôme, foi solenemente entregue a um obscuro fidalgo da Borgonha cujo único mérito fora ter limpado as patas de dois cãezinhos que o rei "amava acima de tudo" e que tinham acabado de brincar na lama.

Tais fatos, que hoje nos fazem rir, não são apenas anedóticos. São também documentos de história sobre a promoção dos cães no início da época moderna. A antiguidade greco-romana os desprezava e, salvo exceções, os considerava seres impuros e mortíferos; a Idade Média não gostava deles, com exceção dos cães de caça e, tardiamente, dos galgos; já o século XVI os revalorizou e fez deles definitivamente os fiéis e queridos companheiros do homem.

Referências

Brantôme, P. de. *Les dames galantes*. Paris: Lalanne, 1864.

Franklin, A. "La vie privée d'autrefois". *Les animaux*, Paris, 1899, v. II, p. 45-59.

L'Estoile, P. de. *Mémoires journaux*. A. Brunet, v. I, 1875, p. 62-72.

Mérimée, P. *Chronique du règne de Charles IX*. Paris: Garnier, 1969.

Ronsard, P. de. *Œuvres complètes*. Paris: P. Laumonier, v. VII, 1932, p. 250-1.

O urso apaixonado por Antoinette Culet
(1602-1605)

A história da jovem Antoinette Culet, vítima da paixão monstruosa de um urso, não é caso único, mas é um dos mais bem documentados entre as histórias semelhantes contadas em diversas regiões da Europa, sempre em regiões montanhosas. Esta se passou num vale da Tarentaise, no início do século XVII. Pierre Culet, camponês de posses, vivia com a família na aldeia de Naves, na diocese de Moutiers. Sua filha Antoinette, de dezesseis anos, era muito bonita. Enquanto esperava pelo casamento, ajudava os pais nos trabalhos da fazenda e, a partir da primavera, levava as ovelhas para pastar nas terras altas, longe da aldeia. Numa tarde de abril de 1602, dia das Rogações, ela não voltou. Todas as buscas para encontrá-la falharam. Pensaram que ela talvez tivesse sido atacada por um lobo, mas nenhuma ovelha fora devorada. Só mais tarde, muito mais tarde, souberam qual tinha sido a terrível aventura da moça.

O animal em questão não era um lobo, mas um gigantesco urso. Ao anoitecer, ele irrompeu no meio do rebanho, mas, em vez de pegar uma ou duas ovelhas, arrebatou a linda e jovem pastora. Levou-a para sua caverna cuja entrada obstruiu, fazendo rolar uma enorme pedra. Lá, levado por um desejo sexual antinatural, violentou a moça e "aproveitou-se dela carnalmente". Ela perdeu os sentidos. Ele ficou ao seu lado, abraçou-a, lambeu-a, dando mostras de amor. Mas esse amor monstruoso era manifestado por um comércio carnal ainda mais monstruoso, que a jovem sofreu quase diariamente durante seu longo cativeiro. O urso vinha até ela de noite. Durante o dia, ele saía da caverna e ia roubar nas aldeias vizinhas tudo aquilo de que, a seu ver, Antoinette precisava: pão, queijo, frutas e, às vezes, até roupas.

A moça ficou presa na gruta durante quase três anos. Mas, no início de 1605, três homens da aldeia resolveram cortar pinheiros num lugar mais alto e mais distante do que de costume. Apesar da enorme pedra que fechava a entrada, Antoinette ouviu o barulho dos machados e, pela primeira vez desde há muito, vozes humanas. Ela gritou. Seu grito foi ouvido, os lenhadores se aproximaram e ela pôde dizer quem era, suplicando que a tirassem de lá. Um deles foi buscar ajuda na aldeia. Voltou logo trazendo muita gente. A entrada da caverna foi liberada, e a jovem, cujo aspecto selvagem era horrível, pôde ser levada para a casa do pai. Depois de lavada, penteada, vestida, tratada, ela contou com minúcias sua mísera história. Confessou ter dado à luz uma criança monstruosa, semi-homem, semiurso, que o pai, ao querer abraçá-la com força, acabara matando semanas depois do nascimento. Muitos habitantes de Naves custaram a acreditar na história de Antoinette e a consideraram louca. O pároco pensou em chamar o exorcista da diocese no dia seguinte.

Mas, nessa mesma noite em que ela voltara para casa, o urso desceu da montanha e veio berrar na frente da fazenda dos Culet para exigir que sua "mulher" lhe fosse devolvida. Toda a aldeia ficou horrorizada. O urso voltou na outra noite, e na outra. Mas, na terceira vez, os camponeses o esperavam. Abateram-no a tiros de bacamarte, depois de ele ter lutado muito e matado dois homens. Foi o maior urso jamais visto em Tarentaise. Seu cadáver foi queimado, e as cinzas, atiradas num precipício. A jovem Antoinette, incapaz de voltar à vida normal, foi levada para um mosteiro do Dauphiné.

O urso apaixonado já foi esquecido, mas dele se falou por muito tempo no ducado de Saboia e no Dauphiné. Tempos depois do acontecido, um padre da diocese de Moutiers, a pedido do bispo, redigiu um relato da história de Antoinette Culet. Foi impresso em Chambéry, em 1620, com o título: *Discurso terrível de uma moça raptada, violentada e mantida durante quase três anos por um urso em sua caverna...*

Desde a época paleolítica, o culto do urso foi, no hemisfério norte, um dos cultos de animais mais difundidos. Sua mitologia excepcionalmente rica prolongou-se em diversos contos e lendas até o século XX: o urso é, por excelência, o animal das tradições orais. E é também aquele cujo caráter antropomórfico é o mais afirmado. Ele mantém com o ser humano, sobretudo a mulher, relações próximas, violentas e, às vezes, carnais. Opor ou associar a bestialidade do urso à sedução da mulher é um tema presente nos textos literários e nas imagens da Idade Média e da época moderna. O urso é o animal peludo, a *masle beste* e, por extensão, o homem selvagem. É também, sobretudo, em todo o norte da Europa, o rei da floresta, o rei dos animais. Nas tradições celtas e germânicas, essa função real do urso — que mais ao sul parece ter desaparecido bem cedo em proveito do leão, rei dos animais nas tradições orientais e mediterrâneas — é ainda plenamente atestada em meados da Idade Média. Os dois aspectos — bestialidade e realeza — podem, aliás, ser confundidos: vários relatos, germânicos, escandinavos e celtas, referem-se a reis ou chefes que são "filho de urso", isto é, filho de uma mulher raptada e violentada por um urso. São guerreiros temíveis, fundadores de linhagens respeitáveis.

Essas lendas deixaram inúmeras marcas no folclore e nos contos populares. O tema da mulher raptada e violentada por um urso, mãe de um menino de força prodigiosa, mas de temperamento mais ou menos antissocial, constitui um conto típico que se apresenta com muitas variantes. A versão mais célebre é conhecida sob o título de *Jean de l'Ours*, o nome do herói. Estabelecida nos Pireneus e nos Alpes desde o fim da Idade Média, aparece muito documentada nos séculos XVI e XVII. Sob formas bem diversas, encontra-se também na Escandinávia, nos países eslavos, no Cáucaso e até na América do Sul. A história do urso apaixonado pela jovem Antoinette Culet, num vale da Tarentaise no início do século XVII, deve ser uma versão com base numa notícia local (fuga de uma jovem grávida?) e mais ou menos sinceramente vivida (ou encenada?) pelos habitantes da aldeia de Naves, talvez com a cumplicidade das autoridades da diocese de Moutiers.

Referências

EDSMAN, C. M. "The Story of the Bear Wife in Nordic Tradition". *Ethnos*, 21 (1956), p. 38-56.

FABRE, D. *Jean de l'Ours. Analyse formelle et thématique d'un conte populaire*. Carcassonne, 1978.

JOISTEN, C. *Récits et contes populaires de Savoie*. Gallimard, 1980.

LAJOUX, D. *L'homme et l'ours*. Grenoble, 1996.

PRANEUF, M. *L'homme et l'ours dans les traditions européennes*. Paris, 1989.

O bestiário das fábulas de La Fontaine
(1668-1694)

Entre 1668 e 1694, Jean de La Fontaine publicou 238 fábulas, agrupadas em três coletâneas. Cinquenta dessas fábulas, assim que foram publicadas, granjearam muita fama e foram ensinadas às crianças, sobretudo nos colégios dos oratorianos, de quem La Fontaine fora aluno. No século seguinte, alguns descontentes (ou invejosos) acharam inadequado esse ensino. Jean-Jacques Rousseau aliou-se com todo vigor a esse grupo. Em célebre página de seu *Emílio ou da educação** (livro I, capítulo 2), na qual analisa quase palavra por palavra a obra *O corvo e a raposa*, Rousseau pergunta com ironia "o que é uma fênix dos habitantes destes bosques?"; depois, tenta mostrar, com certa má-fé, que essa fábula é incompreensível para uma criança. Levado pelo desejo de provar que as fábulas de La Fontaine são obscuras e imorais,

---

* São Paulo, Martins Fontes – selo Martins, 2014 . (N.E.)

chega até a indagar qual é o queijo largado pelo corvo e, depois, faz esta pergunta absurda: "o que é um corvo?". Quase sempre, quando quer provocar polêmica, Rousseau exagera na crítica e mistura observações consequentes com objeções fora de propósito.

É verdade que, no século XVII, a imagem da fênix é um pouco extravagante e que os versos de La Fontaine nem sempre são compreensíveis para uma criança, mas a fauna que os três livros de fábulas apresentam não traz nenhum problema de identificação. São essencialmente animais "conhecidos", uns domésticos, outros selvagens, a maioria do próprio país, e alguns exóticos. Todos pertencem ao bestiário mais corriqueiro da cultura ocidental, desde uma antiguidade muito remota, mesmo aqueles que, como o leão ou o elefante, não existem no solo da velha Europa. São conhecidos de todos os leitores de La Fontaine, sem distinção de idade e época. Aliás, o erro seria pensar que foram as fábulas do autor que os tornaram familiares. Nada disso. Eles já o eram bem antes, graças a outras fábulas, é verdade, mas também graças a outros textos, a outras imagens, a mitos e rituais de todo tipo, que ao longo dos séculos selecionaram a fauna universal por meio da cultura ocidental, para transformá-la em um bestiário relativamente restrito. Os provérbios, a antroponímia e a heráldica, para considerar apenas três exemplos, são áreas em que, tanto quanto as fábulas e os contos, e por vezes junto com eles, ajudaram a forjar esse bestiário.

Jean de La Fontaine não inovou muito. Primeiro porque são poucas as fábulas cuja matéria não tenha sido tirada de seus antecessores e, depois, porque ele quis conservar os traços habituais de cada animal. Não os traços da natureza, é claro, mas os da cultura. Seria absurdo continuar a ver La Fontaine, como ocorreu outrora, como um observador atento da fauna de nossos campos e achar que o cargo de diretor das águas e florestas de Château-Thierry, que ele teve de adquirir e que ocupou durante quase vinte anos (será que ele passava longas temporadas nas florestas do Valois e de Champagne?), é que lhe permitiu estudar essa fauna como naturalista. No século XVII, a criação literária não partia do tema, sobretudo quando se tratava de fábulas, gênero erudito por excelência. Além disso, ao contrário de uma ideia corrente, La Fontaine nunca foi um autêntico camponês e menos ainda um guarda-florestal; no máximo, um "jardineiro", isto é, frequentador de jardins.

Logo, os animais que o escritor apresenta nada têm a ver com aqueles que teriam sido do seu convívio durante presumíveis ócios rurais. Quase todos são os que aparecem nos fabulistas antigos e medievais, nos contistas orientais, no *Roman de Renart* e em todas as tradições ligadas ao mundo das coletâneas da poesia animal. Aliás, gostar de prados e bosques, buscar o frescor das águas e do verde, acompanhar pastores e ovelhas, observar o céu e os pássaros e se sentir em harmonia com a natureza, seus ritmos, clima e estações, tudo isso provém de uma tradição cultural, estritamente cultural. Desde Virgílio, há um prazer em falar, cantar e proclamar isso tudo, mas daí a fazer algo de fato, embaixo de chuva, na lama, entre espinhos e insetos... É uma atitude que se construiu em torno de um saber livresco e cujo objeto não é a natureza, mas a ideia que se tem da natureza. Sua origem principal se encontra nas bibliotecas. Exemplo evidente é o caso de La Fontaine, que descobriu seus bichos nas leituras, sobretudo nos fabulários da Europa e da Ásia, e não nos prados, nos campos ou nos bosques.

Apoiar-se na tradição, nos livros e nas imagens permitiu ao nosso poeta prescindir de muitas precisões inúteis, porque é nisso, e não na inatingível natureza, que se acha a verdade dos seres e das coisas. Isso também lhe permitiu, a partir dos versos iniciais de uma fábula, transformar o leitor em cúmplice interessado. Este tem a alegria, a imensa alegria, de encontrar o que conhece: o leão, rei dos animais, é orgulhoso e autoritário; a raposa, astuta e arisca; o lobo, faminto e cruel; o asno, estúpido e preguiçoso; o coelho, alegre e despreocupado;

o corvo, muito falante e voraz. De uma fábula para outra, esses animais conservam tais características, as que mais ou menos já possuíam em Esopo, Fedro, Aviano e outros fabulistas, e que ainda possuem plenamente no século XVII nos contos e lendas, nos provérbios e canções, nas enciclopédias, nos livros de emblemas, nos tratados de brasão e em todas as imagens que os retratam.

Os animais das fábulas não são animais de verdade, mesmo que a cigarra cante, as andorinhas façam seu ninho, o lobo coma o cordeiro e mulas e jumentos carreguem fardos. Também não são (ou não são apenas) homens, embora falem e discutam como seres humanos, façam peregrinações, casem-se, recebam tratamento de saúde, sejam enterrados e em sua sociedade haja rei, corte, conselheiros, palácios, casebres e tribunais. Também não são tipos nem máscaras como as do teatro ou dos rituais de disfarce, e menos ainda atributos, pois são quase sempre individualizados. São "figuras", no sentido que o brasão dá a esse termo.

A recorrência constante de certos animais — seis deles aparecem em dez fábulas ou mais (o leão, o lobo, a raposa, o asno, o cão e o rato) e alguns outros quase têm a mesma frequência (o galo, o macaco, o corvo, o boi) — forma um mundo em si, um universo fechado. Ao contrário do que se pensa, esse bestiário não comporta um número muito grande de espécies animais; não chegam a cinquenta, nas 238 fábulas. E vários deles ainda, como a ostra ou o marimbondo, aparecem apenas uma vez. Valeria a pena procurar, com base nos números, quais as frequências e os casos raros, comparando quase estatisticamente o bestiário do nosso fabulista ao dos que o antecederam. Seus acréscimos são poucos, mas criam válvulas que garantem o bom funcionamento de um sistema que, sem inovação, tenderia à esclerose. Conviria também indagar a causa da ausência de certos animais e procurar saber se o ser humano deve ou não ser considerado participante desse bestiário.

Afinal, como todo bestiário, o das fábulas dá aos animais diferentes índices de frequência. Em La Fontaine há dois destaques: o leão e a raposa; mas eles já o eram nas fábulas antigas e nas da Idade Média, representando as duas vertentes obrigatórias do simbolismo animal: um animal solar e um animal lunar; um animal viril e um animal feminino; um animal nobre e um animal plebeu. O bestiário de La Fontaine é mesmo hierarquizado, não segundo as leis da natureza, mas segundo a honorabilidade das figuras do brasão. Foi o brasão que, no alvorecer do século XIII, instalou o leão no trono do rei dos animais, na simbologia ocidental; e foram as fábulas de La Fontaine que, no século XVII, o fizeram subir definitivamente para esse trono do qual, por um momento, o rinoceronte parecia tê-lo expulsado.

Um elemento gramatical destaca esse aspecto heráldico das figuras animais, recorrentes de uma fábula a outra: o uso frequente do artigo definido – *o* corvo, *a* raposa, *o* leão, *a* cigarra, *a* formiga, *as* rãs etc. Parece um verdadeiro brasonar: *de prata ao corvo de areia, de areia ao leão de ouro; de ouro à raposa tagarela; de tagarela ao lobo ladrão de arminho* etc. O artigo definido, ao mesmo tempo que dá um nome, quase um nome próprio a cada figura (por isso, às vezes, nas edições antigas, o uso da maiúscula), torna essa figura representante de sua espécie como um arquétipo. Não é *certa* raposa, é *A* raposa. Os traços distintivos — físicos, sociais, morais ou psicológicos — que a caracterizam não são particularidades individuais, mas generalidades quanto à espécie que ela representa. E tudo isso não em relação à história natural — nada menos naturalista, convém insistir, do que a fábula —, mas em relação às tradições culturais. Nenhuma cigarra, por exemplo, procura alimentar-se "de mosca ou de verme": trata-se de um inseto que só suga a seiva dos vegetais; mas a verossimilhança (e, portanto, a realidade) aí está porque, nas tradições, a cigarra é barulhenta e voraz, e tal imagem concorda com a ideia que dela tem o leitor.

Referências

Bresson, H. "La Fontaine et l'âme des bêtes". *Revue d'histoire littéraire de la France*, 1935, p. 1-32; 1936, p. 257-86.

Damas-Hinard, M. *La Fontaine et Buffon*. Paris, 1861.

Dandrey, P. *La fabrique des fables. Essai sur la poétique de La Fontaine*. Paris, 1992.

Pastoureau, M. "Le bestiaire de La Fontaine". In: Lesage, Claire (org.) *Jean de La Fontaine. Exposição*. Paris: Bibliothèque Nationale de France, 1995, p. 140-6.

As leitoas de Vauban
(1706-1707)

Vauban, o grande Vauban (1633-1707), de brilhante carreira militar (primeiro, engenheiro do rei, depois comissário geral das fortificações, em 1678, e por fim marechal da França em 1703), não foi apenas o homem de guerra que dirigiu 53 cercos, restaurou trezentas antigas praças-fortes e construiu 33 novas. Foi também um homem de bom coração, "o melhor dos cidadãos" (Voltaire), "o homem mais honesto do século, o mais simples, o mais autêntico, o mais modesto" (Saint-Simon). As contínuas viagens que fazia por todo o reino para inspecionar as fortificações lhe permitiram, melhor do que a qualquer outro, apreciar o estado geral da França e constatar a miséria crescente do mundo agrícola no fim do reinado de Luís XIV. Em 1698, redigiu um projeto de dízimo real, que, no intuito de amenizar a miséria e a injustiça, propunha substituir todos os impostos existentes por um imposto único do qual nenhum nobre, nenhum privilegiado poderia ficar isento. O projeto provocou escândalo, o rei se aborreceu com seu marechal e a polícia proibiu a impressão do texto. Mesmo assim, foi publicado clandestinamente em 1707, às vésperas da morte do seu autor. Vauban atribuía a miséria geral não só à guerra, mas também, sobretudo, aos homens de dinheiro e aos coletores de impostos, que roubavam o rei e se enriqueciam à custa dos pobres.

Nesse mesmo sentido, Vauban, observador filantrópico e polígrafo incansável, dedicou os últimos anos de vida à redação de vários trabalhos referentes à economia. Reuniu-os sob o sugestivo título de *Oisivetés de Monsieur de Vauban* [Ócios do Sr. de Vauban], mas não mandou imprimi-los. Só foram publicados no século XIX. Entre essas memórias, há um texto muito curioso, cujo título é *Da porcaria* e o subtítulo, "cálculo estimativo para saber até onde pode chegar a reprodução de uma leitoa durante um período de dez anos". Homem do campo, nascido numa família honrada, porém pobre do Morvan, Vauban via na criação do suíno um meio de lutar contra a fome e deter a crise do lavrador. Observava que "esse animal é tão fácil de alimentar que qualquer um pode criá-lo, não havendo camponês, por mais pobre que seja, que não possa criar um porco por ano".

Depois, como engenheiro, fez uma espécie de projeção matemática para determinar o número de descendentes que uma leitoa poderia ter em dez gerações: "Uma leitoa de sete anos, época em que ela para de reproduzir, terá produzido em dez gerações, isto é, no décimo primeiro ano, seja por ela mesma, seja pelas fêmeas que gerou, 1.072.473 ninhadas, que, se tiverem dado em média seis porcos machos e fêmeas, produzirão 6.434.338 animais, isto é, líquido são seis milhões, descontando as doenças, os acidentes e a parte do lobo, que é de mais ou menos 1/15 avos". Esse cálculo otimista tinha algo de utópico, sobretudo na França do século XVIII, mas a posteridade deu razão a Vauban. Cem ou 150 anos depois, a criação do suíno — ligada à difusão da batata — tornara-se uma das mais dinâmicas e prolíficas da Europa ocidental. E o tratado *Da porcaria*, mantido muito tempo como manuscrito, foi impresso pela primeira vez em Paris em 1843.

Vamos situar esse texto surpreendente num contexto mais amplo para compreender melhor seus motivos e desafios.

Desde o fim da Idade Média, o desmatamento intensivo de boa parte da Europa ocidental começou não apenas a espantar os porcos da floresta, onde encontravam comida no outono, mas também a reduzir seu contingente global. O processo foi desigual segundo os países e regiões, mas se acentuou ao longo dos séculos. Na França, por exemplo, havia menos suínos no século XVII do que no século XIII, mas a população era equivalente. Além disso, era importante o contraste entre as terras desflorestadas e as planícies destinadas aos cereais, pobres em porcos, e os territórios florestais onde o animal ainda era relativamente abundante. Houve desde então uma geografia do porco, que foi também, em período de penúria e de invernos rigorosos — como os de 1694 a 1695 e de 1708 a 1709 —, uma geografia da fome. Os países *cobertos* (isto é, com vegetação) tiveram um destino melhor do que os países *abertos* (isto é, com plantações de cereais) porque tinham suínos fornecedores, ainda e sempre, da carne essencial.

Tal geografia deve, porém, ser analisada com cuidado. Onde a floresta subsistiu, a colheita de bolotas ficou mais difícil para os aldeões, não só pelo enrijecimento generalizado dos direitos de senhoria — o qual visava limitar ao máximo os antigos direitos de pasto livre dos porcos e o período de colheita nesse pasto —, mas também porque o carvalho, como a faia, tornou-se menos produtivo: os anos de "pasto fraco" tornaram-se frequentes, e isso provocou o declínio da *porcaria*, como constatou com tristeza Vauban em seu caro Morvan no final do século XVII. Faias e bolotas precisaram ser substituídas por outros frutos: as favas nas montanhas dos Pireneus (mas que produziam um toucinho de qualidade inferior), e as castanhas, no Périgord, no Limousin e em boa parte do Languedoc. Na Alemanha e na Europa do Norte, foram os nabos e as couves que supriram a falta da bolota. Na Guiena e na Gasconha, mais tarde, foi o milho, importado do Novo Mundo, que teve esse papel e favoreceu o desaparecimento progressivo da migração dos porcos para os Pireneus. Aliás, por toda parte, os grãos podiam complementar muito bem a alimentação suína, mas isso era prática de gente rica, com excedente de cereais capaz de saciar homens e bichos. Só os grandes cultivadores (como em Beauvaisis ou na Picardia) e os moleiros podiam dar-se esse luxo. Por isso, os porcos procuravam a proximidade dos moinhos e dos subprodutos dessa atividade, e, mais tarde, dos laticínios, que proporcionaram considerável acréscimo alimentar. Enquanto os homens comeram muito pão, os moleiros e os padeiros foram os maiores criadores de porcos.

No entanto, do século XVI ao século XVIII, a criação suína regrediu em toda parte (ao passo que a do carneiro se expandiu). Só com a chegada da revolução agrícola na segunda metade do século XVIII e o aparecimento de novas culturas de alto rendimento é que essa criação teve novo impulso. Mas isso não ocorreu rapidamente: na França, às vésperas da Revolução, só havia em todo o reino quatro milhões de porcos, ou seja, duas ou três vezes menos do que na época de São Luís!

Nas cidades, pelos mesmos motivos, o consumo da carne de porco diminuiu durante o século XVII: tornou-se menos apreciada pelos ricos e cara demais para os pobres. Na mesa abastada, a carne da aristocracia passou a ser a vitela, a preferida de Luís XIV (que não gostava da carne de vaca, "comida dura e sem gosto"); a vitela fez concorrência às aves e até à caça. Do carneiro, o mais apreciado era o pernil; e, do porco, o presunto; as outras partes menos delicadas ficavam para o povo. Foi assim que, no fim do reinado, os charcuteiros parisienses só vendiam 15 mil porcos por ano, ao passo que vendiam mais do que o dobro três séculos antes, durante o reinado de Carlos VI, em plena crise econômica e na Guerra dos Cem Anos, quando a população parisiense era bem menor. Para a plebe, a carne de porco ficou cara demais por diversas razões, sobretudo as dificuldades de abastecimento e o alto preço do sal, indispensável para sua conservação. De fato, durante o Antigo Regime, a alta do preço do sal, decorrente das gabelas e do fisco, prejudicou o comércio intensivo dos artigos salgados e o desenvolvimento de uma verdadeira criação industrial porcina. Só a Revolução Francesa, ao suprimir as gabelas e todos os impostos sobre o sal (bastante desiguais segundo as regiões), acabou definitivamente com esse obstáculo.

Tais dificuldades explicam também a existência da criação de porcos na cidade. Muitas cidades, se não todas, tinham dentro de seus muros pocilgas; e, apesar dos regulamentos da polícia que proibiam a perambulação de porcos, eles continuavam a percorrer ruas e cemitérios, sobretudo à noite. Acidentes, processos e condenações perduraram em certos lugares até o fim do século XVIII. Mas essa criação urbana fornecia, entretanto, carne fresca para os açougues e adubo para a terra. Servia também de escoadouro dos detritos de toda espécie, cada vez mais abundantes no decorrer dos séculos.

Ligada a tais problemas de ordem econômica, desenvolveu-se, desde meados do século XVII, uma literatura dedicada ao porco e à riqueza que esse animal poderia representar para a coletividade. O texto de Vauban faz parte dessa literatura. Não é a elucubração de um marechal da França aposentado no seu torrão natal, nem um caso isolado. Trabalhos semelhantes sobre a fecundidade da leitoa foram compilados, e até impressos, na Inglaterra e na Dinamarca anos depois. Aliás, todo o século XVIII dedicou muita atenção ao porco, como outrora no século XIII. Estudos e estatísticas de todo tipo se empenharam em recensear a população suína de determinada circunscrição administrativa, procurando saber o porquê da diminuição dessa população comparada à dos outros "gados". Um censo realizado em 1731-1732 para toda a intendência da Champagne recenseou 92.884 porcos contra 153.666 cavalos e éguas, 213.476 bois e vacas e 713.015 carneiros. Mais a leste, anos antes, um censo semelhante para o bailio de Pontarlier, em Franche-Comté, havia recenseado apenas 312 suínos para uma população de 22.061 habitantes! Todas essas pesquisas numéricas — que foram ainda mais numerosas durante a Revolução Francesa e o Império — insistiram nas diferenças entre bailios "ricos em porcaria" (oeste da França, regiões florestais) e bailios deficitários. Só o cruzamento e a seleção das raças e o desenvolvimento da cultura da batata ajudaram a reduzir pouco a pouco tais diferenças.

Foi na Inglaterra que apareceram, em 1740, as primeiras tentativas para melhorar as espécies porcinas, como já ocorrera anos antes com as bovinas e as ovinas. Primeiro, procuraram criar raças "puras", rigorosamente selecionadas; depois, dedicaram-se às práticas de cruzamento de acordo com as teorias do transformacionismo biológico então em pleno desenvolvimento.

LA COCHONNERIE

OU

CALCUL ESTIMATIF

pour connoître jusqu'ou peut aller la produ
d'une Truie, pendant dix années de temps

Início do trabalho de Vauban intitulado A porcaria.
Redigido em 1707 e impresso em 1843.
Paris, Biblioteca do Museum National
D'histoire Naturelle.

O cruzamento das leitoas inglesas com varrões importados do Extremo Oriente (menores, mas que forneciam mais carne), ligado a uma seleção cada vez mais racional dos animais reprodutores, deu origem a novas raças, sobretudo à célebre raça do Berkshire, cujos animais, aos dois anos, pesavam mais de 400 quilos. O exemplo inglês foi logo imitado pela Dinamarca e pelos Países Baixos, e depois pela maioria dos países europeus. A França, porém, mostrou certo atraso nesse assunto — como ocorreu com a batata, que ficou muito tempo sob suspeita, até mesmo quanto à alimentação dos animais. Só a partir dos anos de 1840 a 1860 é que a preocupação com a seleção e melhoria das espécies porcinas se generalizou. Para tanto, copiou-se as práticas inglesas e importou-se varrões insulares como, sobretudo após 1885, o famoso Large White de pelo branco, que até hoje permanece como a espécie dominante no plantel francês.

Nos séculos XVII e XVIII, pesquisadores e economistas não foram os únicos a discorrer sobre o porco. Também os naturalistas se interessaram muito por ele. Nesse assunto, o caso da *História Natural* de Buffon* é exemplar, pois resume a maioria dos conhecimentos e preocupações do século XVIII a respeito da raça suína. No volume VI dessa história, publicado em 1761, o grande naturalista reúne num mesmo capítulo "o porco, o porco de Sião (isto é, da Ásia) e o javali" porque "os três são uma só e mesma espécie; um é o animal selvagem, os outros dois são o animal doméstico, e, embora tenham algumas marcas exteriores diferentes e tal-

---

* Lisboa, Edição do Autor, 1941. (N.E.)

vez, também, certos hábitos, como essas diferenças não são essenciais, mas apenas relativas à sua condição, como sua natureza não fica muito alterada pelo estado de domesticidade, como eles produzem indivíduos que podem produzir outros, traço que constitui a unidade e a constância da espécie, não quisemos separá-los".

Buffon insiste no caráter *singular* da espécie suína e acha que é "um gênero ambíguo", estranho entre os quadrúpedes. Considera quase anormal sua extraordinária fecundidade e chega a se interrogar sobre a conformação dos testículos do varrão e dos ovários da leitoa; isso o leva a afirmar que esse animal "parece estar no extremo das espécies vivíparas e aproximar-se das espécies ovíparas". Parece que a leitoa, em vez de parir, põe porquinhos! Buffon também se interroga sobre o número de tetas da leitoa — em geral, doze —, número inferior ao dos porquinhos de cada barrigada. Ele vê nisso uma imperfeição do animal, causada por um erro da natureza que o criou. No fundo, nosso naturalista não gosta nada do porco porque não consegue classificá-lo com exatidão entre os mamíferos: é todo coberto de banha como a baleia; não perde os dentes de leite como o homem e os principais animais domésticos; possui caninos muito longos como o elefante e a "vaca marinha" (a morsa); tem pés inclassificáveis, um estômago incomparável e, sobretudo, "apesar da fraca quantidade de líquido seminal, basta-lhe uma única cópula para produzir, e produzir em grande número".

Buffon conclui o parágrafo com frases muito duras que todos os porcófilos vão criticar e que mais parecem ditadas, não pela observação naturalista, mas por considerações propriamente simbólicas:

> De todos os quadrúpedes, o porco parece o animal mais bruto; as imperfeições da forma parecem influir na sua natureza, todos os seus hábitos são grosseiros, todos os seus gostos são imundos, todas as suas sensações redundam em luxúria furiosa e gula brutal, que o leva a devorar indistintamente tudo o que lhe aparece pela frente, até mesmo a sua prole no momento em que ela acaba de nascer. Essa voracidade parece depender da necessidade contínua que tem de encher a grande capacidade de seu estômago, e a grosseria de seus apetites parece provir do embotamento dos sentidos do gosto e do tato. A aspereza do pelo, a dureza da pele, a camada de gordura tornam esses animais pouco sensíveis aos golpes: chegou-se a ver camundongos instalados no lombo do porco, roendo-lhe a pele e comendo-lhe a gordura sem que desse sinais de sentir. Têm, portanto, um tato muito obtuso, e o gosto tão grosseiro quanto o tato.

Tais afirmações, porém, não impedem Buffon, algumas páginas adiante, de dissertar à vontade, como Vauban, sobre as vantagens que se pode obter com a criação do porco e de se admirar que, por tradição ou superstição, judeus e muçulmanos sejam "privados desse animal tão útil".

Referências

Blanchard, A. *Vauban*. Paris, 1996.

Buren, R., Pastoureau, M., Verroust, J. *Le cochon. Histoire, symbolique et cuisine du porc*. Paris, 1987.

Hemardinquer, J.-J. "Faut-il démythifier le porc d'Ancien Régime?". *Annales E.S.C.*, 1970, p. 1745-56.

Parent, M. *Vauban, un encyclopédiste avant la lettre*. Paris, 1983.

Pastoureau, M. "L'homme et le porc: une histoire symbolique". *Couleurs, images, symboles. Études d'histoire et d'anthropologie*. Paris, 1986, p. 237-83.

Os gatos da rua Saint-Séverin
(1730)

Na alta sociedade francesa do início do século XVIII, as boas maneiras sugeriam que as damas preferissem gatos a cães e que, ao perder o animal favorito, dessem mostras de um imenso desgosto. A duquesa do Maine, nora de Luís XIV, ficou assim inconsolável quando morreu seu gato Marmarin em 1716. Ela mesma compôs o epitáfio, que mandou gravar numa lápide em memória do falecido, no parque de Sceaux. Anos antes, a duquesa de Lesdiguières mandara erguer no jardim de seu palacete parisiense, na rua de la Cerisaie, um sarcófago de mármore preto encimado pela escultura de uma gata, também em preto e pousada numa almofada branca. Era o monumento erguido em memória de sua gata Ménine. Ao lado esquerdo do pedestal lia-se: *Aqui jaz Ménine, a mais amável e mais amada de todas as gatas*. E ao lado direito, esta quadra meio estropiada: *Aqui jaz uma gata linda / Sua dona que não amou nada / Amou-a loucamente / Por que dizer isto? Já se vê.*

O jovem Luís XV não ficou atrás: demonstrou, durante a primeira parte de sua vida, um amor

*Monumento fúnebre para Ménine,
gata da duquesa de Lesdiguières.*
Desenho anônimo segundo uma gravura
de Charles Coypel, cerca de 1730.

incontido pelos felinos. No horizonte dos anos 1730, sua imensa afeição era por um grande gato angorá todo branco, que durante o dia se refestelava na lareira de seu gabinete e, à noite, ficava no quarto do rei, tendo como leito uma suntuosa almofada de damasco vermelho. Esse bichano chamado Blanchon viveu uns quinze anos.

Apesar dessa afeição do rei por gatos, foi sob seu reinado que se deu um dos maiores massacres de felinos cometidos em Paris. O caso começou na rua Saint-Séverin, na gráfica de Jacques Vincent. Dois ajudantes da gráfica, alojados e mantidos pelo patrão, mataram, na noite de 16 para 17 de novembro de 1730, uma robusta gata chamada La Grise, que pertencia à mulher do tipógrafo. A seguir, no mesmo embalo, atacaram os gatos dos vizinhos e os enforcaram, depois de uma paródia de julgamento. Na noite seguinte, junto com outros operários de gráficas, perseguiram todos os gatos das ruas vizinhas e os enforcaram ou estrangularam seguindo o mesmo ritual. Outros operários os imitaram e, em menos de uma semana, várias centenas de gatos parisienses foram assim enforcados, degolados, estrangulados, torturados e exterminados. O mais estranho é que o caso não teve repercussão, não deixou sinal nos jornais da época nem nos documentos de arquivos. Sem o depoimento de um operário tipógrafo chamado Nicolas Contat que, em suas memórias, narrou esses eventos, não saberíamos de nada.

Graças ao relato de Contat, sabemos que os dois aprendizes odiavam os patrões, que os exploravam e alimentavam muito mal. Tinham ciúmes da gata da patroa, que era mais bem tratada do que eles. Além disso, estavam fartos dos gatos do bairro, que, à noite, faziam tal barulheira que não os deixava dormir. Noites seguidas, eles se puseram a miar junto com os gatos para atrapalhar o sono de Jacques Vincent e sua mulher, a tal ponto que estes pediram aos aprendizes que os "livrassem daqueles animais amaldiçoados". Os dois comparsas executaram à perfeição a ordem dos patrões e começaram pela La Grise, que eles detestavam.

Por muito tempo, o gato foi visto na Europa como um animal negativo, um ser secreto e malfazejo, atributo dos feiticeiros, criatura do Diabo. Reprovavam-lhe os hábitos noturnos, a independência, a hipocrisia, o pelo negro ou malhado. Achavam que ele participava do sabá, que era adorado por seitas heréticas, que tinha o poder de rogar pragas (sobretudo no domínio do amor) e de atrair o mal sobre uma pessoa ou uma casa. Aliás, até o século XIV, mais ou menos domesticado, ele não entrava nas residências, onde, para caçar os ratos e camundongos, os moradores preferiam uma doninha ou um furão. Até a época moderna, torturar ou matar gatos era um divertimento popular frequente, sobretudo na época do carnaval, quando adquiria uma dimensão sexual, e no momento das festas de São João, quando, por toda a Europa, os gatos eram queimados ritualmente ou fechados em sacos e afogados. Em Metz, esse costume bárbaro só terminou em 1773. Era a comemoração em lembrança de São Clemente, apóstolo local que havia, na época merovíngia, livrado a cidade de um demônio que tomara a aparência de gato. Todos esses rituais tinham valor de exorcismo ou de sacrifício propiciatório: afastar os maus espíritos, acabar com as epidemias, proteger os homens, o gado e as colheitas.

Com o passar do tempo, tais práticas festivas e coletivas contrastaram cada vez mais com as atitudes pessoais em relação aos gatos. Desconfiança e massacre, de um lado, complacência e afeição, do outro. Desde o fim da Idade Média, os gatos tinham cada vez mais o direito de entrar nas casas (o que era ainda raro para os cães) e às vezes faziam parte da família. Essa mudança ocorreu em meados do século XIV, quando a Peste Negra fez estragos e matou quase um terço da população europeia. Percebeu-se que o grande rato preto era um dos agentes propagadores da epidemia e que nem a doninha, nem o furão conseguiriam debelá-la com eficácia. O gato recebeu essa tarefa e foi cercado de novas atenções. Pouco a pouco, tornou-se um animal doméstico sem restrições, depois, um companheiro da vida cotidiana e, por fim, objeto de afeição. Os homens de letras em especial celebraram seu gato ou gata e ajudaram a revalorizar o animal: Carlos de Orléans, Montaigne, La Fontaine, Fontenelle, Montesquieu são os mais conhecidos, mas houve muitos outros. Da parte dos mortais comuns, foram as mulheres que garantiram a promoção definitiva do gato e dele fizeram, junto com o cão — também muito revalorizado a partir do Renascimento —, o animal preferido das populações europeias.

Referências

Bobis, L. *Le chat. Histoire et légendes*. Paris, 2000.

Contat, N. *Anecdotes typographiques*. Oxford: Giles Barber, 1980, p. 51-53.

Darnton, R. *Le grand massacre des chats. Attitudes et croyances dans l'ancienne France*. Paris, 1985*.

Delort, R. "L'étrange destin des chats". *L'Histoire*, n. 57, 1983, p. 44-56.

Thomas, K. *Dans le jardin de nature. La mutation des sensibilités en Angleterre à l'époque moderne*. Paris, 1985.

---

* *O grande massacre dos gatos e outros episódios da história cultural francesa*, 7. ed. Rio de Janeiro, Graal, 2011. (N.E.)

A Besta de Gévaudan
(1764-1767)

As histórias de lobos assassinos aterrorizando as populações desta ou daquela aldeia, cantão ou região foram inúmeras em toda a Europa entre o final do século XVII e meados do século XIX. A da Besta de Gévaudan foi a mais célebre, mas, mesmo na França, foi precedida pela história de várias outras "bestas", sobretudo a da floresta de Benais, na Touraine, que só nos anos 1693-1694 matou 72 pessoas, e a dos montes do Velay, que devorou 21 indivíduos entre 1715 e 1718. De fato, em ambos os casos, tratava-se de vários animais, provavelmente lobos atacados de raiva ou cães errantes vítimas do mesmo mal. No caso do Gévaudan, ao contrário, parece que se tratava de um único animal, estranho, para não dizer monstruoso, e talvez dirigido por um homem.

Foi no mês de junho de 1764 que "a Besta" se fez notar pela primeira vez: perto de Langogne, uma mulher que guardava o rebanho de bovinos foi atacada por um animal "que parecia um lobo enorme, mas que não era lobo"; ela foi salva pelas vacas, que, abaixando a cabeça, deram marradas na Besta, enquanto os dois cães permaneciam paralisados. Dias depois, não longe de lá, uma jovem pastora de catorze anos foi encontrada degolada perto de seus carneiros. Tal morte foi atribuída a um lobo, mas nada foi confirmado quanto a uma ligação com o ataque sofrido pela vaqueira de Langogne. Pareceu estranho, porém, que um lobo tivesse atacado uma pastora e não as ovelhas. Mas, nesses meados do século XVIII, havia muitos lobos em Gévaudan (região montanhosa e florestal, situada a sudeste do Auvergne, no norte do atual departamento da Lozère), e seu comportamento era desnorteante. Dependendo do ano, chegavam a ser mortos uns sessenta, e, como no restante do reino, uma recompensa de seis libras — quantia relativamente importante — era oferecida para cada lobo eliminado.

Entretanto, no fim do verão e início do outono, o caso tomou outra dimensão: em três meses, o animal sanguinário que a partir de então os jornais chamaram de "a Besta" matou doze pessoas e feriu treze. Foi visto por várias testemunhas que podiam descrevê-lo e asseguravam não se tratar de um lobo. A Besta era maior, tinha o pelo longo e avermelhado, listrado nas costas; era dotada de um focinho preto, largo e comprido, e de um rabo longo e grosso; ela se arrastava no escuro, andava devagar, mas saltava sobre as vítimas com incrível rapidez;

além disso, conseguia manter-se erguida como um urso, apoiada nas patas traseiras; tinha a goela sempre arreganhada, um cheiro infecto e parecia atraída pelo sangue: não só degolava suas vítimas, mas às vezes lambia o sangue escorrido no chão.

Tais eram os principais traços descritos por aqueles que a viram e puderam testemunhar. Mas, ao longo das semanas e dos ataques cada vez mais numerosos, a descrição do animal ganhou muitíssimos detalhes, frutos mais da imaginação do que da observação. Viam nele uma pantera, uma hiena, uma leoa, um tigre, um lobisomem. Diziam que tinha ferraduras de cavalo, casco de tartaruga, juba de leão, olhos de lince, voz humana. Muitos pensavam que a Besta era uma espécie de homem-lobo, produto monstruoso do acasalamento de mulher com lobo. O caso foi além do âmbito do Gévaudan e se tornou nacional. Nos quatro cantos do reino, e até fora da França, todos seguiam os eventos em Gévaudan e a Besta impiedosa que zombava dos 57 dragões do major Duhamel, enviados ao local pelo intendente do Languedoc a pedido de seu subdelegado. Apesar de caçadas e batidas, o monstro continuou sua obra de destruição. No final de 1764, suas vítimas já somavam trinta. O bispo de Mende redigiu uma longa circular que os padres leram no púlpito no último domingo do ano. Para o prelado, o terrível flagelo encarnado pela Besta era sinal da cólera de Deus; para apaziguar a ira do Senhor, clérigos e fiéis deviam rezar, confessar-se, emendar-se, levar vida mais virtuosa, ter horror ao pecado, especialmente o pecado da carne, educar os filhos na fé romana, acabar com a heresia protestante, calar os filósofos e suas palavras blasfemas. O bispo ordenou procissões, penitências e preces públicas. Em vão. Quatro dias depois, em 1º de janeiro de 1765, a Besta degolou e mutilou um rapaz de dezesseis anos a alguns passos da porta de casa.

Ataques e mortes prosseguiram durante a maior parte do ano de 1765. Desde então, a Besta não agia apenas em Gévaudan, mas também no Auvergne, no Vivarais e até em Rouergue. As recompensas oferecidas pela sua captura ou morte foram cada vez maiores. Dois fidalgos normandos, os Denneval pai e filho, considerados os melhores monteiros do reino, chegaram ao local no mês de fevereiro. De todas as regiões da França, caçadores se ofereceram para ajudá-los. Orgulhosos e seguros de si, os Denneval recusaram e preferiram a ajuda dos camponeses, que os aceitaram melhor do que os insuportáveis dragões de Duhamel. Os Denneval mataram em Gévaudan uma grande quantidade de lobos, mas não a Besta. Ela prosseguiu com seus crimes, e o número de vítimas continuou aumentando. O mês de março de 1765 foi especialmente fatal; o medo era extremo, e o descontentamento, geral.

Mentes engenhosas — citadinos, que viviam longe dos acontecimentos — propuseram então tentar a astúcia: vestir um carneiro com roupas femininas, já que a Besta atacava sobretudo mulheres e moças, e postar soldados escondidos em torno do animal; ou então fabricar "mulheres artificiais", recheá-las com veneno e espalhá-las pelos caminhos frequentados pela Besta; ou ainda soltar leões e tigres e contar com a ação dessas Bestas para vencer o monstro. No local, a preferência foi pelos meios tradicionais, como uma caçada contando com mais de 10 mil homens em 21 de abril de 1765. Mais uma vez, em vão. A Besta continuava matando, e as queixas contra os Denneval se acumularam. Provinham principalmente da nobreza local, que invejava o seu prestígio.

No final de maio, o rei foi informado dos estragos cometidos pela Besta em um ano: 122 ataques, 66 mortos, quarenta feridos em estado grave. Era demais. Luís XV — grande caçador — decidiu enviar a Gévaudan seu porta-bacamarte e tenente das caçadas reais, o marquês François Antoine de Beauterne, de 65 anos, cortês, habilidoso e firme. O rei lhe deu plenos poderes para livrar o país da Besta.

Beauterne chegou a Gévaudan no fim de junho, conversou com os Denneval, escutou com atenção tudo o que contavam da Besta. Ficou muito surpreso: nem a aparência nem os hábitos eram de lobo.

Calmo e metódico, Beauterne começou suas caçadas em 30 de junho e prosseguiu durante todo o verão. A Besta não se importou, continuou correndo e matando, zombando de homens e cães, atacando mulheres e crianças. Em 11 de agosto de 1765, quando agrediu duas jovens, uma delas conseguiu ferir o animal com um golpe de baioneta e fazê-lo sangrar. Para muitos observadores, aquele sangue não era de lobo. Beauterne pediu reforços a Versalhes, homens, cavalos, cães, dinheiro. Em 29 de agosto, um enorme lobo foi morto por um guarda: acharam que se tratava da Besta, todo mundo se alegrou, tanto em Gévaudan como na corte. Engano: os ataques recomeçaram em outubro. Beauterne ficou desesperado, e o rei, muito bravo. Os inimigos da França começaram a zombar. Na Inglaterra e na Alemanha, circulavam gravuras mostrando Luís XV e todo o exército francês derrotados pela Besta do Gévaudan. A imprensa ironizava ou se preocupava. Outras regiões do reino foram contaminadas pela síndrome do medo: Champagne, Périgord, Bugey, Bretanha. Enfim, em 21 de setembro, de maneira inesperada, o próprio Antoine de Beauterne matou um lobo gigantesco, bem longe dos lugares frequentados pela Besta. Era ela, dessa vez ele tinha certeza. Já os moradores de Gévaudan não estavam tão convencidos disso. Mas o rei acreditou em seu porta-bacamarte, felicitou-o e chamou a Versalhes. Beauterne partiu em 3 de novembro de 1765. Foi o início de uma calmaria. Nenhum ataque desde o final de setembro. Após quinze meses de terror, a região parecia, enfim, livre do monstro.

Mas não durou muito. Em 2 de dezembro, a Besta atacou de novo, dois jovens vaqueiros ficaram gravemente feridos nas encostas do monte Mouchet, seu terreno predileto, ao norte do maciço da Margeride; depois, duas mulheres, a dez léguas de lá; enfim, uma menina foi degolada e meio devorada em 21 de dezembro. O medo voltou, os ataques também. Nobres e camponeses do Gévaudan já não contavam com nenhuma ajuda do rei nem dos ministros. A lista de mortos aumentou durante o inverno, a primavera e o verão de 1766. O clero multiplicou missas, peregrinações, devoções à Virgem. Em vão. O dobre dos sinos pelos mortos não parava. A Besta agora atacava em plena aldeia, era vista por todos, parecia não sentir os golpes de baioneta que recebia nem as balas que a atingiam. Parecia invencível.

Depois de um novo período calmo durante o inverno de 1766-1767, a Besta retomou seus ataques no mês de março. A primavera foi marcada por uma verdadeira hecatombe: de três em três dias, um morto. Os jornais voltaram a publicar o folhetim sangrento que haviam interrompido no final de 1765, quando Antoine de Beauterne deixara Gévaudan. Com a volta do tempo firme, a nobreza local se mobilizou mais uma vez, convocou toda a população, intensificou as caças e batidas. Durante uma delas, organizada pelo jovem marquês d'Apcher em 19 de junho de 1767, um camponês estranho, ex-prisioneiro e se dizendo filho de feiticeira, Jean Chastel, matou um lobo colossal que se atirara sobre ele. Segundo suas declarações, bastou uma bala, mas as circunstâncias de seu feito solitário, realizado na face norte do monte Mouchet, na floresta de Tenazeyre, no lugar chamado "La Sogne d'Auvers", permaneceram cercadas de mistério. Segundo a lenda, Chastel mandara benzer seu fuzil antes de partir para a caça e havia fundido suas balas com medalhas da Virgem Maria.

Seja como for, parecia tratar-se da Besta: um animal do sexo masculino, semelhante a um lobo, mas maior e mais pesado, de pelo avermelhado, pescoço maciço, rabo longo e largo, pesando 109 libras (cerca de 54 quilos). Apresentava, em diferentes lugares do corpo, marcas de antigos ferimentos por balas e lâminas, e no estômago havia ossos de criança triturados. A Besta foi morta de fato, a notícia logo se espalhou por todo o reino. No entanto, curiosamente, Jean Chastel não foi festejado como merecia. Ao percorrer as aldeias, com o corpo do animal atravessado sobre seu cavalo, segundo o costume, os camponeses não demonstraram agrado nem lhe ofereceram nenhuma recompensa. E quando, seis semanas depois de ter matado a Besta, apresentou o cadáver ao rei em Versalhes, este, incomodado pelo mau cheiro que se desprendia do corpo em plena decomposição, censurou-o por não ter trazido mais depressa o cadáver e ordenou que fosse enterrado o mais rápido possível, o que foi feito, sem que nenhuma parte do animal fosse guardada a título de relíquia ou de prova. Buffon, que desejava examinar o animal, não teve tempo. E Chastel teve de deixar a corte sem nenhuma recompensa. Entretanto, o novo bispo de Mende concedeu-lhe, meses depois, uma gratificação de 26 libras. O velho camponês de má reputação tornou-se, então, um bom cristão e morreu muito idoso em 1789. Quanto à Besta, morreu de verdade. Mas a lenda sobreviveu e deu ensejo a muitos relatos.

Desde o fim do século XVIII, muitos livros foram dedicados à história da Besta do Gévaudan, e muitas também foram as hipóteses propostas para tentar identificar o animal sanguinário e compreender os meandros e as chaves do caso. O balanço dos massacres é impressionante, mesmo que os números variem um pouco de autor para autor. Em três anos, a Besta teria feito mais de 250 ataques no território de 64 paróquias, ou seja, uma zona geográfica correspondente a um departamento francês atual. Teria matado 130 pessoas e ferido gravemente setenta. Quase 70% dos mortos eram do sexo feminino, e 75% tinham menos de 18 anos. A Besta sempre mostrou preferência por moças e meninas. Aliás, algumas foram encontradas sem roupa, depois de serem degoladas e mutiladas. Em certos casos, a cabeça ou o membro arrancado foi levado pelo animal para bem longe do corpo. Em outros, uma encenação macabra parece ter seguido o ataque e a morte. Eis, por exemplo, as anotações de um pároco a respeito do corpo da jovem Gabrielle Pélissier, de 17 anos, vítima do animal em 7 de abril de 1765: "Depois que a Besta comeu uma parte da moça, arrumou tão bem seus ossos e a cabeça cortada, cobriu tudo com suas roupas e chapéu, a ponto de as pessoas pensarem, quando vieram buscá-la antes do anoitecer, que estava dormindo".

Outros traços de comportamento intrigaram os contemporâneos e depois os historiadores. Por exemplo, o medo manifestado por todos os cães que se aproximavam da Besta, até os mais valentes cães monteiros, ao passo que as vacas ou os porcos pareciam menos assustados. Alguns desses grandes animais domésticos chegaram a salvar sua vaqueira ou seu porqueiro, não hesitando em atacar e ameaçar a Besta. E ainda o gosto da Besta por sangue, mais pelo dos homens do que o dos animais; ela, por assim dizer, nunca atacou o gado, sempre visou aos seres humanos e parecia não ter medo deles; ora, os lobos têm medo dos homens e não costumam atacá-los... E ainda a rapidez com que a Besta se deslocava, e até seu dom de ubiquidade: um dia ela atacava perto de uma aldeia e, poucas horas depois, atacava de novo a mais de dez léguas de lá (40 quilômetros). A Besta mostrava-se sempre insensível aos golpes de facas e às balas atiradas contra ela, às vezes à queima-roupa, como se fosse indestrutível.

Dessas observações, certos autores tiraram hipóteses temerárias, vendo na Besta não um lobo, mas um monstro, produto do cruzamento de vários animais, uma cadela e um lobo, uma leoa e um lobo, e até uma mulher e um lobo. Outros, mais esclarecidos, supuseram que não se tratava de um único lobo, mas de vários, provavelmente atacados de raiva. Outros ainda pensaram que, por trás desses lobos, havia sem dúvida um homem — era essa a ideia do velho Martin Denneval —, um condutor de lobos, inimigo do gênero humano, sádico e pervertido sexual, querendo fazer o mal pelo mal ou então se vingar. Esse papel teria sido o de Jean Chastel, surpreendente matador da Besta, ou de seu filho Antoine, personagem ainda mais inquietante; ambos teriam sido manipulados por um aristocrata local mais ou menos degenerado, o conde Jean-François Charles de Morangiès. Todas essas hipóteses são sedutoras, mas frágeis, como a que explica que a Besta era invencível porque havia sido dotada, por uma mão humana, de uma couraça de javali resistente às balas dos fuzis e ao ferro das baionetas. Mas, no fundo, pouco importa. Para o historiador, o essencial não é isso, mas observar o fenômeno de medo coletivo que, duas décadas antes do "Grande Medo" do verão de 1789, aparece numa região meridional da França e anuncia indiretamente os acontecimentos futuros. Deve ser observada também a multiplicação das "bestas" que semearam o terror aqui ou ali, antes e depois de Gévaudan, decerto a mais célebre, mas cujo caso não é absolutamente isolado. A de Chaingy, perto de Orléans, agindo durante vários meses em 1814, foi em seu tempo quase tão famosa quanto a de Gévaudan. Enfim, deve ser estudado sobretudo o papel da imprensa e das imagens levadas por ambulantes: no horizonte dos anos 1764 e 1767, um fato local teve em pouco tempo uma repercussão nacional (e até europeia), foi seguido e comentado pelas gazetas quase dia a dia (ao menos durante os quinze primeiros meses) e deu destaque a um animal monstruoso e não identificado, do qual brochuras e estampas propuseram imagens em todas as regiões do reino.

Referências

BERNARD, D., DUBOIS, D. *L'homme et le loup*. Paris, 1981.

FABRE, F. *La bête du Gévaudan en Auvergne*. Saint-Flour, 1901.

CARBONE, G. *La peur du loup*. Paris, 1991.

LOUIS, M. *La bête du Gévaudan. L'innocence des loups*. Paris, 2001.

PIC, X. *La Bête qui mangeait le monde en pays de Gévaudan et d'Auvergne*. Paris, 1968.

POURRET, P. *Histoire de la bête du Gévaudan, véritable fléau de Dieu*. Mende, 1881.

As abelhas de Napoleão
(1804-1815)

Na primavera de 1804, Napoleão Bonaparte era apenas Primeiro Cônsul, mas já sonhava em instituir um novo regime imperial e dotá-lo de emblemas e novos símbolos. Para tal, foi pedir opiniões. Entre os animais que os seus conselheiros lhe propuseram (elefante, leão, águia, galo), as abelhas tiveram toda a preferência do Primeiro Cônsul porque, de acordo com o feliz enunciado de Cambacérès, "elas são a imagem de uma república que tem chefe", isto é, "a imagem da França". Além disso, no círculo do futuro imperador, era muito apreciada uma ideia antiga — cara a Virgílio e aos padres da Igreja — que considera a sociedade das abelhas um modelo para a sociedade humana.

Mas a escolha das abelhas napoleônicas tinha também outro sentido. Permitia ligar através dos séculos o novo regime a uma dinastia real que governara a França: os merovíngios. Assim como a águia, que, entre seus múltiplos significados, associava a memória de Carlos Magno e do império carolíngio ao novo regime, também as abelhas, retrocedendo ainda mais às origens, lembravam Clóvis e sua linhagem.

Esse vínculo entre as abelhas e os reis merovíngios era resultado da erudição. No início do século XIX, muitos historiadores concordavam em ver nesse inseto virtuoso e benéfico um dos emblemas reais merovíngios por um motivo arqueológico importante: a descoberta em 1653, em Tournai, da tumba do pai de Clóvis, Childéric I, rei dos francos sálios, morto em 481. Entre o abundante material funerário encontrado nessa tumba havia umas trinta joias pequenas, em esmalte, com a figura de um inseto; essas joias talvez estivessem espalhadas no manto com o qual o imperador fora enterrado. Os eruditos do século XVII acharam que era a figura de uma abelha, símbolo presumível de soberania, e desde então ninguém os contradisse. O conjunto do material funerário (armas, joias, talismãs, anel sigilar, peças de arrreios etc.) fora oferecido em 1665 a Luís XIV pelo imperador Leopoldo como agradecimento por sua ajuda militar na luta contra os turcos. Esse tesouro arqueológico estava desde o início do século XVIII conservado no gabinete de medalhas e antiguidades da Biblioteca Real (que se tornou nacional) e ainda permanecia lá em 1804. Historiadores e curiosos podiam estudá-lo ou visitá-lo.

Isso, infelizmente, já não é possível hoje: em 1831, ladrões entraram durante a noite no gabinete de medalhas e levaram quase todo o "tesouro" de Childéric. Algumas peças de ourivesaria foram encontradas num saco jogado no Sena, mas das trinta joias com formato de abelha restaram apenas dois exemplares. Aliás, hoje, os especialistas não têm certeza se realmente se trata de abelhas: há quem pense que sejam moscas, outros, besouros; outros ainda, cigarras, inseto que era para os povos das estepes asiáticas — de quem os germanos o teriam trazido — símbolo de imortalidade. Houve até eruditos que ingenuamente acharam que essas figuras estilizadas em forma de inseto fossem os ancestrais das flores-de-lis dos capetos. A ideia é falsa, mas, no caso, tem pouca importância. O certo é que, na época em que Napoleão estava prestes a fundar seu império, todo mundo reconhecia como abelhas as pequenas joias do tesouro de Childéric.

Elas se tornaram, portanto, um dos emblemas do novo regime. Nessa escolha, como na da águia, o papel de Dominique Vivant Denon (1747-1825), então diretor da Moeda e diretor do Museu Central das Artes, foi sem dúvida decisivo. O simbolismo e a majestade do novo imperador muito lhe deveram. Embora não tenha feito um uso tão imoderado quanto o da águia, Napoleão era muito apegado às suas abelhas. Pregou-as em seu grande manto de púrpura no dia da sagração e pediu que elas aparecessem não apenas nas tapeçarias de seus palácios, mas, ainda, nas dos tribunais e órgãos imperiais. Podiam também ser vistas em certas bandeiras. Eram sempre de ouro e dispostas em grande quantidade, como outrora as flores-de-lis dos reis franceses. Isso também não era um acaso e permitia ao novo imperador estabelecer um vínculo, ao menos visual, com a heráldica dos soberanos que o precederam.

No Segundo Império, as abelhas (ou pretensas abelhas) voltaram discretamente ao primeiro plano. Mas, então, Napoleão III e seus próximos preferiram ver nelas "a imagem do povo francês que oferecia a si próprio um chefe" em vez de um antigo símbolo de soberania ou imortalidade.

O simbolismo da abelha é inseparável daquelas do mel e da cera, dois produtos "vivos" com um papel considerável nas sociedades antigas. Sua produção, domesticada desde a proto-história, explica por que, em inúmeras culturas, a abelha está sempre associada à ideia de trabalho, paciência, coragem, inteligência e organização. O mel acrescenta as ideias de doçura, pureza e felicidade, e a cera, a de memória. Por isso, a abelha é um inseto quase sempre bem considerado. Os autores gregos e romanos exaltam sua sobriedade, seu ardor no trabalho, seu asseio, sua disciplina, seu sentido de ordem e do bem comum. É o oposto da vespa e do marimbondo, que são vorazes, preguiçosos, inúteis e gatunos.

Os padres da Igreja não ficaram atrás e reconheceram na abelha todas as virtudes. Eles a propuseram como modelo para os monges e compararam a colmeia ao mosteiro, onde devem reinar a ordem, o silêncio, o trabalho, a limpeza e a obediência, qualidades da colmeia. Destacaram também a castidade da abelha, que segundo eles só copula para procriar, mas colhe no orvalho as sementes que darão nascimento aos seus rebentos. Para Santo Ambrósio e Santo Agostinho, a abelha era a imagem perfeita da virgindade.

A iconologia do Renascimento e da época barroca acrescentou nova dimensão a todas essas ideias: a colmeia é comparável a um reino do qual as abelhas são os súditos e cujo rei — nos séculos XVI e XVII, ainda se pensava que as abelhas tinham um rei, e não uma rainha — é o soberano. Foi essa dimensão real que impediu a Revolução Francesa de fazer plenamente, da colmeia e das abelhas, um de seus emblemas, embora isso tivesse sido proposto várias vezes por diferentes deputados à Assembleia

Legislativa e, depois, à Convenção; mas foi essa mesma dimensão real que, anos depois, seduziu Napoleão.

Referências

KASANSKI, M., PÉRIN, P. "Le mobilier funéraire de la tombe de Childéric Ier. État de la question et perspectives". *Revue archéologique de Picardie*, 1988, n° 3-4, p. 13-38.

MARCHENAY, P. *L'homme et l'abeille*. Paris, 1979, p. 151-7.

PELET DE LA LOZÈRE. *Opinion de Napoléon sur divers sujets de politique et d'administration...* Paris, 1933.

PINOTEAU, H. "L'héraldique napoléonienne e Problèmes de symbolique napoléonienne". *Vingt-cinq ans d'études dynastiques*. Paris, 1982, p. 23-42 e 352-74.

A girafa de Carlos X
(1826-1827)

Para o europeu, a girafa foi durante muito tempo um animal misterioso. É certo que desde a Antiguidade clássica sua existência era conhecida, mas durante quase dois milênios os naturalistas não puderam observá-la, descrevê-la ou nomeá-la com exatidão. No entanto, os romanos tiveram a oportunidade de vê-la nos jogos do circo, desde o primeiro século antes de nossa era. No ano de 46, entre centenas de outros animais selvagens, César trouxe do Egito uma jovem girafa que, num espetáculo que ficou famoso, teve de correr contra cavalos e lutar contra leões. Ela derrubou alguns, mas foi, afinal, vencida pelas feras e lhes serviu de sinistra refeição, para gáudio dos espectadores. Depois, sob o Império, outras girafas atravessaram o Mediterrâneo e foram morrer em Roma, na arena do circo Máximo ou, mais tarde, na do Coliseu. Mas importar esses animais da África profunda para a Itália central era muito caro, mais caro do que trazer leões ou elefantes. Por isso, era raro os imperadores oferecerem o espetáculo de uma girafa a ser morta por touros, ursos ou feras esfomeadas. Talvez também seja por isso que os autores latinos a descreviam de modo desajeitado e lhe davam um nome híbrido conservado durante quinze séculos: cameleopardo (*cameleopardalis, cameleopardus*). Aos olhos deles, a girafa era um animal grande com cabeça e pescoço de camelo e pelo com manchas semelhante ao do leopardo. Como este era supostamente o fruto dos amores adúlteros da leoa com o macho da pantera (o "pardo"), era considerado um animal bastardo. Certos autores ainda acrescentaram, ao aspecto híbrido dessa estranha criatura, uma crina de cavalo e patas de vaca.

Após a queda do Império Romano, mil anos se passaram antes que uma girafa pisasse o solo da velha Europa. Em 1486, o sultão do Egito enviou a Lourenço de Médici, que reinava então sobre Florença e a Toscana com uma corte que era uma das mais luxuosas da Cristandade, uma girafa fêmea "muito bela", pela qual os florentinos se apaixonaram, e que vários pintores, entre os maiores, desejaram retratar. Durante dois anos, a Toscana viveu uma "girafomania" da qual ainda restam marcas não só nos monumentos, obras de arte e objetos do cotidiano, mas também na toponímia: um bairro de Siena, um dos mais prestigiosos por ter sido muitas vezes vencedor da célebre corrida do Pálio, ainda mantém o nome de *contrada della giraffa*, adotado no final do século XV.

Várias vezes descrita e representada, essa girafa dos Médici ajudou a revelar a qual espécie pertencia. As lendas que, desde a Antiguidade, circulavam sobre o cameleopardo e que as enciclopédias medievais tinham ampliado foram desaparecendo aos poucos. E, nas línguas ocidentais, o nome "girafa", proveniente do adjetivo árabe *zerafa* ou *zarafa* (amável, gracioso), foi substituindo o antigo nome "cameleopardo". A girafa tornou-se um animal de verdade.

Mas só após três séculos e meio uma girafa chegou à França: foi em Marselha, no outono de 1826. Dois anos antes, o vice-rei e paxá do Egito, Méhémet Ali, decidira enviar ao rei da França Carlos X (1824-1830) e ao rei da Inglaterra George IV (1820-1830) duas jovens girafas que mandara capturar no Sudão. Esse príncipe lúcido, mas sanguinário, que reinou no Egito de 1805 a 1849, detinha um poder quase absoluto, só prestando contas ao sultão em Constantinopla. Ao contrário deste, procurou muitas vezes aliar-se aos reinos europeus, demonstrar boa disposição para com as minorias cristãs que viviam no Império Otomano e atrair para seu país cientistas, engenheiros e comerciantes ocidentais. Todos eram bem-vindos em sua corte e ele contava com suas qualidades para modernizar o país.

Desde 1824, quando Carlos x, o último irmão de Luís xvi, subiu ao trono dos Bourbons, Méhémet Ali procurou reforçar os laços privilegiados que mantinha com a França. Para tal, decidiu presentear o novo soberano com algo espetacular: uma girafa. Já havia enviado uma ao sultão anos antes, a fim de mostrar como o vice-reino do Egito havia estendido seu domínio no interior da África. No caso da França, a escolha foi sem dúvida sugerida por um aventureiro do Piemonte, Bernardino Drovetti, que fora por muito tempo vice-cônsul da França em Alexandria e enriqueceu com o tráfico de antiguidades egípcias (a Europa há décadas vivia uma febre egiptomaníaca, e, por dinheiro vivo, Méhémet Ali encorajava a saída do Egito de objetos e documentos antigos que não tinham o menor interesse para ele). Drovett sabia que o Museu de História Natural de Paris há muito desejava adquirir um desses animais. Para não indispor o rei da Inglaterra e para agradar ao público inglês que apoiava a causa dos gregos rebelados contra o poder otomano, ficou resolvido que uma segunda girafa seria enviada a Londres.

Ambos os animais, que eram fêmeas, foram capturados às margens do Nilo Azul, muito acima de Cartum, no alto Sudão, nos confins da Etiópia. Eram muito jovens, por isso não foi difícil capturá-las.

Desde a chegada à Alexandria, todo mundo ficou admirado com sua doçura e confiança. Alimentadas a princípio com leite de camela, passaram depois para o leite de vaca: eram necessários cinquenta litros como ração diária. Para atingir a Alexandria, onde chegaram no início do verão de 1826, tiveram de percorrer três mil quilômetros, primeiro em lombo de camelo, depois num barco que descia o Nilo. Durante a viagem, a girafa destinada ao rei da Inglaterra foi ferida e, apesar de todos os cuidados recebidos, ficou mais ou menos inválida. Morreu pouco depois de chegar a Londres, sem despertar a curiosidade dos britânicos, aborrecidos por terem herdado o animal mais fraco. Parece que tiraram a sorte em Alexandria para decidir o destino das girafas: Paris ou Londres. No fundo, era um arranjo, pois há muito tempo estava decidido que a girafa mais velha, mais bela e mais valente seria destinada ao rei da França, Carlos X.

Essa girafa embarcou num navio italiano no início do mês de outubro. Ia acompanhada de três vacas leiteiras, necessárias para a alimentação, e de um casal de antílopes que Drovetti desejava oferecer em seu nome ao soberano. A travessia durou 25 dias. Na segunda-feira, 31 de outubro de 1826, pela primeira vez uma girafa pousou o casco em solo francês. Mas foi preciso esperar a primavera seguinte para começar sua espantosa viagem até

Paris; primeiro, ela foi obrigada a uma longa quarentena pelas autoridades aduaneiras e, depois, pareceu prudente esperar que amainasse o inverno rigoroso, muito duro naquele ano, antes de empreenderem a caminhada, o que ocorreu em 20 de maio de 1827. Nesse ínterim, graças a passeios quase diários nas ruas da cidade, os marselheses tiveram a oportunidade de admirar a girafa, apreciar-lhe a beleza e o ar bonachão, louvar-lhe a boa saúde e o modo como se comportava, tal qual um verdadeiro animal doméstico.

Dias antes da partida da girafa e seu cortejo, um famoso cientista foi encontrá-la em Marselha: Étienne Geoffroy de Saint-Hilaire (1772-1844), zoólogo conhecido internacionalmente, professor no Museu Nacional de História Natural desde 1793, fundador da coleção de animais do Jardim das Plantas (onde havia recebido alguns animais sobreviventes de Versalhes, devastada pela tormenta revolucionária durante o verão de 1792). Toda a Europa científica seguia há anos a querela que esse estudioso mantinha com Cuvier a respeito da evolução das espécies. Geoffroy de Saint-Hilaire, retomando as ideias de Lamarck e preparando o terreno para as de Darwin, sustentava que, nos seres vivos, certos traços adquiridos podiam tornar-se hereditários, ao passo que Cuvier recusava essas teorias evolucionistas e pensava que toda modificação

O passeio da girafa.
Desenho anônimo, cerca de 1830, segundo J.-J. Peter e
Y. Laissus, *Les animaux du Museum*, Paris, 1993, p. 116-7.

genética só podia ser obra de Deus.

Naquele momento, Geoffroy de Saint-Hilaire, largando o rival com suas concepções criacionistas, deixando seu caro Museu e seus estudos, esquecendo seus 55 anos e seu reumatismo, foi até Marselha para examinar de perto a bela africana. Encantado com o animal, não quis separar-se dele enquanto não chegasse à presença do rei. Decidiu, portanto, chefiar o pequeno grupo e fazer a pé, ao lado de sua protegida, os 775 quilômetros que separavam Marselha de Paris.

A viagem foi um triunfo. Com exceção da Revolução de 1830, foi o evento nacional mais notável do reinado de Carlos x. O surpreendente cortejo se compunha, além do animal e do cientista quinquagenário, de três vacas leiteiras e dois carneiros, de um antílope macho (o outro acabara de morrer), de uma carroça levando as provisões e quatro ajudantes, dos quais dois — Hassan e Hatir — acompanhavam a girafa desde o Egito. Em Marselha, o ilustre Geoffroy de Saint-Hilaire mandara confeccionar para sua bem-amada de quatro metros de altura uma gigantesca capa em "tafetá brilhante" cortada em duas partes e bordada com galão de veludo preto. Em Aix, mandou enfeitar essa capa com as armas reais e encomendou botas para lhe proteger os cascos em caso de chuva ou lama. Lavada, vestida, objeto de todos os cuidados, a girafa trazia ao pescoço um novo colar, pois o antigo, que tinha um amuleto com versos do Corão, havia sido roubado em Marselha.

A subida do vale do Ródano provocou um entusiasmo popular que não era visto desde a Revolução. Em cada cidade ou aldeia a alegria era geral, e os viajantes tinham de corresponder a todo tipo de solicitações imprevistas. Mas essa efervescência simpática atrasava a viagem, impunha novas etapas e cansava os viajantes. Eis o relato de Geoffroy de Saint-Hilaire numa das várias cartas que escreveu no decorrer do percurso:

> A cada noite surgiam novos problemas para a hospedagem da girafa. Era preciso encontrar locais convenientes ou mandar preparar um, chegando até à necessidade de uma demolição para aumentar o teto de um estábulo... Quando chegávamos a uma cidade mais importante, era necessário defender a girafa dos inconvenientes de uma indiscreta curiosidade. Tive de impedir multidões que corriam com grande tumulto em direção ao animal. E tudo isso se repetia a cada dia.
> Foi em Lyon que a confusão foi maior. O cortejo,

que mais parecia um circo ambulante do que a caminhada oficial de um presente destinado ao rei, chegou à cidade em 5 de junho de 1827. No dia seguinte, mais de 30 mil pessoas se juntaram na praça Bellecour para ver a girafa e tocá-la, pois todo mundo queria tocar no corpo da estranha criatura, que acreditavam dar sorte. Balbúrdia, empurrões, discussões e contratempos surgiram durante vários dias. Mas o animal não parecia se importar com isso. Quando saíram de Lyon, Geoffroy de Saint-Hilaire estava bem mais cansado do que a girafa. Felizmente, a viagem até Paris, através da Borgonha, foi mais calma.

A entrada na capital ocorreu em 30 de junho, 21 dias depois de ter saído de Lyon. No total, desde Marselha, a viagem triunfal durara 41 dias, dos quais sete foram de repouso. A média diária foi, portanto, de 25 quilômetros. Na chegada, de todos os viajantes, a girafa era a que estava mais em forma. Tinha até engordado um pouco, "ficara fortalecida pelo exercício", tinha o "pelo mais suave e brilhante do que em Marselha", e "seus movimentos eram mais seguros".

Enfim, em 9 de julho, a girafa foi de Paris até o castelo de Saint-Cloud para ser solenemente apresentada ao rei e à corte. Carlos X recebeu-a bem, fez-lhe carinho, andou ao seu lado e pediu para vê-la correr. À noite, retornando pelas ruas de Paris cheias de gente, ela pôde regressar ao Jardim das Plantas (então "Jardim do Rei") e gozar um merecido descanso, que não foi total porque, como se tornou a coqueluche de Paris, a girafa teve de suportar a visita diária e barulhenta de muitos admiradores. Em novembro, enfim, conseguiu ir para seu "apartamento de inverno", uma rotunda do tempo do Império onde se mantinha à temperatura fixa de seis a dez graus a mais do que nos outros prédios. Seu fiel guardador Hatir, que adquirira uma notoriedade quase tão grande quanto a do animal, ficou ao seu lado.

Durante meses, Paris foi tomada por uma "girafomania" semelhante àquela que houve em Florença três séculos e meio antes. Compuseram poemas, canções, peças de teatro em honra da girafa. Fabricaram bolos e confeitos que reproduziam a sua forma. A imagem do animal apareceu em objetos de todo tipo, desde o piano até o sabão, passando pela louça, o mobiliário e o papel de parede, objetos hoje muito procurados pelos colecionadores. Seu pelo deu o tom das cores da moda, amarelo e marrom, e as damas da alta sociedade passaram a se pentear "à girafa", um frágil andaime capilar que exigia constantemente que a pessoa se abaixasse ou se curvasse, sobretudo para entrar nos veículos. Durante meses tudo foi dito, pensado e representado "à girafa". Depois a loucura da moda se acalmou, e a curiosidade a respeito do animal tornou-se mais discreta. Mas até o início da década de 1830, não era raro uma família vir da província até Paris para ver a girafa.

Ela ficou dezoito anos no Jardim das Plantas. Morreu em 12 de janeiro de 1845, sete meses depois de seu protetor, Etienne Geoffroy de Saint-Hilaire. Em 1839, outra girafa viera fazer-lhe companhia, e Paris tornou-se a única capital europeia que possuía dois indivíduos dessa espécie rara e admirada. Como era costume, a girafa oferecida por Méhémet Ali a Carlos x foi empalhada e exposta durante décadas no salão do Museu do Jardim das Plantas. Depois foi levada para a província. Hoje está no Museu de História Natural de La Rochelle.

Referências

ALLIN, M. *La girafe de Charles x. Son extraordinaire voyage de Khartoum à Paris*. Paris, 2000.

DARDAUD, G. "L'extraordinaire aventure de la girafe du Pacha d'Égypte". *Revue des conférences françaises en Orient*, v. 15, jan. 1951, p. 1-72.

_____. *Une girafe pour le roi*. Paris, 1985.

LAISSUS, Y., PETTER, J-J. *Les animaux du Museum* (1793-1993). Paris, 1993, p. 114-21.

Teddy Bear, o primeiro urso de pelúcia
(1902-1903)

Há séculos, as crianças europeias brincam com modelos de palha, couro, feltro ou trapos com o formato de um ser humano, aos quais damos hoje o nome genérico de "bonecas". Em compensação, só em épocas mais recentes, talvez nos séculos XVII e XVIII, esses mesmos modelos tomaram o aspecto de um animal. O cristianismo medieval, que desconfiava de todas as figurinhas ou objetos que pudessem levar a práticas idolátricas ou mágicas, especialmente as figurinhas de cera, impediu durante séculos o fabrico de brinquedos com forma de animais. É verdade que havia na Idade Média cavalos talhados em madeira, cães em tela de cânhamo forrados com estopa ou farelo e pássaros modelados na palha com os quais as crianças podiam brincar, mas isso continuava relativamente raro e representava um bestiário pouco diversificado. Só mesmo na época moderna apareceram em grande escala brinquedos zoomorfos, e foi no início do século XX que nasceu o mais célebre: o urso de pelúcia.

Esse nascimento merece ser contado. Está ligado ao gosto imoderado pela caça que tinha o presidente dos Estados Unidos, Theodore Roosevelt (1858--1919). Grande esportista, soldado de valor, herói da guerra contra a Espanha, Roosevelt tornou-se governador de Nova York em 1898 e vice-presidente dos Estados Unidos em 1900. O assassinato do presidente McKinley por um anarquista levou-o à presidência no ano seguinte. Democrata, esforçou-se na luta contra a corrupção, em defesa dos mais humildes, e propôs a arbitragem norte-americana nos grandes conflitos mundiais. Muito popular, foi reeleito em 1904 e recebeu o prêmio Nobel da Paz dois anos depois. Mas já fazia quatro anos que Roosevelt se tornara um personagem lendário.

Em novembro de 1902, quando dava uma volta pelo sul dos Estados Unidos e estava nos confins do Mississipi e da Louisiana, teve vontade de caçar, o que ele fez por vários dias seguidos, mas sem resultado: a caça não surgia. O presidente não parecia aborrecido, mas seus anfitriões e o grupo que o acompanhava estavam preocupados. Era preciso fazer algo para acabar com aquela humilhação, a primeira figura da União não poderia ficar a ver navios. Um de seus colaboradores teve a extravagante ideia de mandar capturar um jovem urso negro, amarrá-lo discretamente perto de uma árvore e chamar a atenção do presidente. Mas, quando viu o ursinho, Roosevelt percebeu o estratagema cruel e ridículo; não quis matá-lo e, segundo dizem, pronunciou estas palavras que se tornaram célebres: "Se eu matar esse urso, nunca mais poderei encarar meus filhos". Essas palavras eram, sem dúvida, sinceras, mas também muito hábeis. Divulgadas pela imprensa, ficaram conhecidas nos Estados Unidos e no mundo ocidental.

Elas não fizeram isso sozinhas, mas acompanhadas de uma imagem. Dias depois do ocorrido, em 16 de novembro de 1902, um desenhista e cronista político, Cliford Berryman, publicou no *Washington Star* uma charge mostrando Roosevelt compadecido e magnânimo, poupando o urso amarrado. O sucesso na mídia foi considerável, sobretudo porque o urso era negro, e Roosevelt defendia a causa dos negros. A história poderia ter parado por aí e só ter servido à glória presidencial, mas houve um desdobramento.

Um certo Morris Michtom, imigrante russo instalado em Nova York, tinha no Brooklyn uma loja onde vendia balas, pequenos brinquedos e bonecas de pano fabricadas por Rose, sua mulher. Havia algum tempo, ele desejava diversificar essa produção. Quando viu o desenho do *Washington Star*, sugeriu à esposa que fabricasse um urso de pelúcia parecido com aquele que o presidente dos Estados Unidos salvara. Foi uma ideia genial. E ele teve outra: pedir à Casa Branca a autorização para dar a esse novo brinquedo o apelido afetuoso do presidente: Teddy, diminutivo de Theodore, o que foi concedido, após certa hesitação. Acabava de nascer Teddy Bear.

Durante as festas de fim de 1902, Morris Michtom vendeu muitos dos seus ursinhos, e o sucesso se estendeu por todo o ano de 1903. Como Rose não conseguia garantir a produção, o casal contratou ajudantes e tentou desenvolver essa atividade. Os dois lojistas tornaram-se donos de empresa. Mas, pouco preparados para tanto sucesso e para o novo ofício, malprotegidos pelos alvarás que tinham, acabaram vendendo, por bom preço, a invenção para uma firma de brinquedos, a Ideal Toy Corporation, que desde 1904 transformou a produção artesanal de Teddy Bear em produção industrial e logo teve de enfrentar a concorrência.

Quando Morris Michtom morreu, em 1938, a Casa Branca enviou pêsames à família, e a imprensa rememorou os acontecimentos de 1902 com a bela história do urso de pelúcia. Era mesmo muito necessário, pois há três décadas circulava na Europa uma versão diferente, atribuindo a esse nascimento outro berço e outras circunstâncias: o urso de pelúcia não teria nascido na América do Norte, mas na

Alemanha, e seu verdadeiro inventor não teria sido Morris Michtom, mas Margarete Steiff!

Essa mulher paralítica, vítima de poliomielite, vivia na Suábia, em Giengen, cidade especializada na fabricação de roupas de feltro. Desde 1901, para ocupar o tempo, Margarete teve a ideia de fabricar em casa pequenos animais de feltro, que suas irmãs e sobrinhas vendiam, com lucro, na feira. No ano seguinte, um de seus sobrinhos, aluno de belas-artes em Berlim, mandou-lhe o desenho de um urso copiado de um animal do zoológico e lhe sugeriu que fizesse um brinquedo. Para o urso, Margarete preferiu a lã ao feltro e resolveu pôr-lhe braços e pernas articulados. Era então uma grande novidade, e o urso de lã foi apresentado na feira de brinquedos de Leipzig, a mais importante da Europa, em março de 1903. Os comerciantes europeus não se entusiasmaram por aquela estranha criatura, mas um atacadista norte-americano, que talvez já conhecesse a invenção de Morris Michtom, encomendou três mil peças. O urso alemão foi encontrar o urso norte-americano. A concorrência estava lançada, e, desde então, de cada lado do Atlântico, a produção aumentou.

Hoje é impossível ao historiador afirmar quem foi o primeiro — Morris Michtom ou Margarete Steiff — a ter a ideia do urso de pelúcia. Parece ter sido uma invenção simultânea, e não cópia da criação de um dos dois. O certo é que, nos primeiros anos do século XX, o aparecimento do urso de pelúcia estava no ar, e, mesmo que Morris Michtom e Margarete Steiff não tivessem existido, esse nascimento aconteceria meses ou anos depois. Seja qual for a época ou o assunto, jamais existe inventor, criador, cientista, artista ou poeta isolado.

Com efeito, bem antes dos anos 1900, talvez até antes de meados do século XIX, o urso já estava presente no mundo da caricatura e do desenho satírico, assim como nos brinquedos automáticos e no livro infantil. Além disso, tinha um aspecto antropomórfico bem acentuado que seria mais ou menos o dos primeiros ursos de pelúcia. Até a Primeira Guerra Mundial, tinham o corpo alongado, braços compridos, ombros estreitos, costas arcadas ou uma corcunda; o focinho era pontudo, com aplicações de feltro, e os olhos, pretos, eram feitos com botões de botas, os quais lhes davam um ar estranho e melancólico que muito contribuiu para seu êxito e permitiu todas as transferências e projeções: desde a origem, o urso de pelúcia foi percebido como, além de um ser vivo, um ser humano. A partir da década de 1910, o uso de bolinhas de vidro mudou um pouco aquele olhar, que, no entanto, ainda permaneceu triste ou distante. As cores também confirmavam essa impressão geral de melancolia: feitos de lã não muito grossa, enchida de crina, palha, serragem ou paina, os primeiros ursos eram pretos, cinzentos ou castanhos. Somente a partir de 1920 os materiais e a gama de cores se modificaram (sobretudo com a moda dos ursos vermelhos), e depois de 1930 as formas se tornaram menos longilíneas, mais rechonchudas, para eliminar a bossa dorsal e tornar a cabeça menos triste. Ao mesmo tempo, os acessórios (roupas, chapéus, objetos presos nas patas) foram aumentando, e engenhosos sistemas colocados no interior do corpo faziam o urso emitir sons quando apertado ou deitado. Após a Segunda Guerra Mundial, o urso de pelúcia perdeu seus últimos traços animais, e, graças ao emprego de novos materiais sintéticos, tanto no interior quanto no exterior, o brinquedo ficou mais suave e mais leve. No entanto, apesar desses progressos, apesar da adoção de normas de segurança cada vez mais estritas, a produção diminuiu a partir da década de 1960 porque o urso teve de enfrentar, de ano para ano, um número de rivais cada vez maior no âmbito do bestiário de brinquedo.

Até a década de 1940, o único rival do urso era a boneca, que existia bem antes dele e era brinquedo de meninas. Muitos fabricantes de bonecas passaram, aliás, a fabricar ursos de pelúcia ou diversificaram sua produção. Mas, após a guerra — que, por falta de materiais adequados, provocou uma inventiva criação de sucedâneos, hoje disputados pelos colecionadores —, outros bichos de pelúcia apareceram no mercado. Primeiro foram coelhos, cães, gatos, elefantes; mais tarde, porcos, carneiros, burros e outros animais da fazenda; mais tarde ainda, um bestiário exótico, desde o leão até o ornitorrinco, passando por tigre, girafa, hipopótamo e rinoceronte. A maioria era mamífera; havia poucos pássaros, poucos peixes e praticamente nenhum inseto.

Valeria a pena comparar, ao longo das décadas, esse bestiário do brinquedo de pelúcia com o do livro infantil. Em ambos os casos o urso está em primeiro lugar, mas, quanto mais se avança no tempo, mais acirrada é a concorrência. Citemos alguns ursos que foram destaques do livro infantil, da história em quadrinhos ou do desenho animado, que poderiam, como Teddy Bear, ter um capítulo especial neste livro: Balu, Ursinho Puff, Rupert, Prosper, *Masha e o Urso*, Paddington, Gronounours, Petit Ours Brun e muitos outros. A lista é longa e constitui em si um rico documento sobre a permanência do parentesco entre o homem e o urso. Os mais antigos vestígios disso se encontram nas cavernas da pré-história, e as manifestações mais recentes, na cama das crianças. O urso não é um animal como os outros, e o urso de pelúcia difere de todos os outros brinquedos.

Primeiro companheiro do bebê (às vezes comprado antes do nascimento), o urso de pelúcia é o depositário dos primeiros odores que ele reconhece e sempre gosta de encontrar. Favorece, além disso, o despertar do bebê para a sensibilidade tátil — tocar, beijar, chupar — e permite-lhe manifestar seus primeiros instintos de posse e dominação, ou até sadismo: beliscar, jogar, torcer, morder. O urso de pelúcia é o primeiro objeto que a criança pode dominar completamente, podendo fazer dele o que quiser e levá-lo onde lhe aprouver: à escola, ao hospital, à colônia de férias. Pode até torturá-lo ou destruí-lo sem ter de dar satisfações a ninguém. Ao mesmo tempo, esse urso é quase sempre o seu anjo da guarda, protetor, confidente, cúmplice; substitui o pai, a mãe, o irmão ou a irmã e faz parte da família: é ao mesmo tempo um brinquedo e uma pessoa, um urso e um ser humano.

Muitas vezes, no fim da infância, quando o menino (ou a menina) larga seu urso, são os pais que o recolhem, consertam, guardam, dispostos a tirá-lo do armário ou do sótão quando o adolescente, num momento psicológico difícil e sentindo imensa necessidade de segurança, for procurar os antigos brinquedos. Às vezes até, quando o jovem virou adulto e deixa a célula familiar, o velho urso de pelúcia faz parte da bagagem e, coberto de mil recordações, acaba a vida num novo quarto, num novo armário, num novo sótão. Às vezes, ao contrário, permanece na casa dos pais e fica curtindo o tédio na cama do jovem que se foi.

Em certos casos, o apego da criança ou do adolescente pelo urso é exagerado ou tem desdobramentos ou rituais fetichistas preocupantes. O urso deve então ser confiscado pelo pediatra ou pelos pais. No adulto, tais casos são mais raros, mas podem apresentar-se sob a forma de uma aguda mania de colecionar, descambando excepcionalmente para a neurose. Os indivíduos não têm, porém, o monopólio do desdobramento, do fetichismo ou da projeção no urso. As sociedades compartilham com ele esse espantoso parentesco e, talvez, a lembrança mais ou menos consciente de tempos muito remotos em que ursos e homens partilhavam as mesmas cavernas e até os mesmos leitos. Em julho de 1969, quando Neil Armstrong e seus dois companheiros viajaram para a Lua, um urso de pelúcia os acompanhava.

Referências

Bull, P. *The Teddy Bear Book*. Londres e Nova York, 1983.

Chiva, M. (org.) *L'enfant et la peluche. Le dialogue par la douceur*. Nanterre, 1984.

Cockrill, P. *The Teddy Bear Encyclopedia*. Londres, 1993.

Ford, P. *Teddybären für Liebhaber und Sammler*. Colônia, 1993.

Picot, G., Picot, G. *L'ours dans tous ses états*. Paris, 1988.

Mickey e Donald
(desde 1927 e 1934)

Reza a lenda que Walt Disney (1901-1966) imaginou o personagem Mickey em 1926, durante uma longa e maçante viagem de trem entre Nova York e Los Angeles, em que aproveitou para desenhar na janela embaçada do seu compartimento. Primeiro chamado Mortimer, o ratinho teria sido rebatizado Mickey Mouse por sugestão de sua esposa. Mas parece que o personagem nasceu mesmo da colaboração de Walt Disney com Ub Iwerks: juntos há três anos, eles produziam e realizavam filmes de animação. Seja como for, Iwerks foi o primeiro desenhista de Mickey para um curta-metragem filmado em 1927 e intitulado *Plane Crazy*. Esse filme não teve sucesso, mas o seguinte, *Steamboat Willie*, lançado em novembro de 1928, foi um triunfo e tornou o personagem uma grande estrela das telas. Do cinema, Mickey passou para a história em quadrinhos desde 1930: as primeiras tiras, desenhadas por Iwerks a partir de roteiros de Walt Disney, apareceram na edição dominical de diferentes jornais antes de serem objeto de uma publicação autônoma. O primeiro *comic book* especialmente dedicado ao camundongo de grandes orelhas apareceu em 1931, e a *Mickey Mouse Magazine*, em 1933. A partir de então o desenhista foi Floyd Gottfredson, cercado de equipe importante tanto para o desenho como para os roteiros.

É verdade que Mickey não estava sozinho. Minnie, a eterna noiva, bela ratinha vestida com uma curtíssima saia de bolinhas que deixava entrever peças íntimas de renda, juntou-se a ele desde 1928. O cão Pluto, usando apenas coleira, surgiu em 1931, e Pateta, outro cão, mas que tinha o papel de melhor amigo de Mickey, em 1932. Até a década de 1950, esses personagens mudaram muitas vezes de aparência e vestuário. Mickey, principalmente, tornou-se mais "humano" e trocou os trajes infantis por roupas de adulto. Ao mesmo tempo, seu caráter se transformou: primeiro, travesso e astuto, mais ou menos rebelde, sempre pronto a pregar peças nos ricos e poderosos, tornou-se aos poucos um bom herói, pondo sua inteligência e engenho a serviço das autoridades, colaborando com a polícia e ajudando a prender os criminosos.

Ser um camundongo não parece ter prejudicado a carreira de Mickey. E, no entanto, nas tradições ocidentais, o camundongo, sobretudo o preto, foi por muito tempo associado à morte e às almas do outro mundo. Mas o simbolismo do rato era ainda mais assustador, e é possível que, no decorrer dos séculos, o par camundongo/rato tenha acabado por constituir um par de opostos: animal positivo/animal negativo. Aos poucos, o camundongo se tornou o rato bom e, nas casas, teve o papel de talismã. No campo, acabou fazendo parte da família: as crianças davam-lhe pão e queijo, ofereciam, em troca de um presente, seus primeiros dentes de leite (tradição atestada na Alemanha desde o século XVI) e recitavam quadrinhas enaltecendo a malícia do ratinho. Foi provavelmente essa malícia que Walt Disney e Ub Iwerks quiseram encenar pela figura de Mickey.

Se seu sucesso foi rápido nos Estados Unidos, o mesmo não ocorreu na Europa. Adaptadas e traduzidas em diversos países desde a década de 1930, as histórias em quadrinhos e as revistas só lograram êxito do grande público na Itália. Lá, Mickey recebeu o nome de Topolino e foi o único personagem de quadrinhos de origem norte-americana não proibido pelo regime fascista. Dizem que os filhos de Mussolini adoravam as suas aventuras. Em outros lugares, o verdadeiro sucesso só aconteceu após a guerra, mas foi logo superado pelo de Donald.

O Pato Donald nasceu nos estúdios de Walt Disney em 1934, sete anos depois de Mickey, de quem, no começo, era apenas um companheiro, quase comparsa, primeiro nos filmes e, depois, nas histórias em quadrinhos. Durante anos teve papéis secundários, e sua aparência era relativamente instável, e até desagradável, antes de encontrarem seu grafismo definitivo em 1937: a silhueta ficou mais cheia, o bico diminuiu, os olhos tornaram-se enormes e muito expressivos. Passou então a usar uma roupa de marinheiro que ficou sendo seu uniforme para sempre. Ao mesmo tempo, seu caráter se definiu, e Donald se transformou aos poucos numa espécie de anti-Mickey, preguiçoso, resmungão, colérico, vaidoso, sempre sem dinheiro.

A partir da década de 1940, Donald deixou de ser parceiro de Mickey e adquiriu autonomia. Exprimiu-se em seu próprio gibi (publicado pela primeira vez em 1943), no qual vieram encontrá-lo diferentes personagens, que, por sua vez, se tornaram astros da história em quadrinhos. Primeiro, sua noiva, a buliçosa Margarida, e seus três sobrinhos: Huguinho, Zezinho e Luizinho. Mais tarde, em 1947, Tio Patinhas, riquíssimo e avarento, idoso, mas com uma vitalidade diabólica, imagem mais ou menos deformada do capitalista do século xix. Mais tarde ainda, o rival Gastão, que corteja Margarida, e o amigo Gansolino; depois o Professor

Pardal e, enfim, Vovó Donalda. A partir de 1951, os Irmãos Metralha entraram na história e se tornaram grandes astros, que aparecem até nas aventuras de Mickey: usando roupas idênticas, uma máscara preta no rosto e, no peito, um número de identificação como prisioneiro, são perigosos bandidos fugidos da cadeia, que desejam se apossar da fortuna de Tio Patinhas, guardada num imenso cofre-forte. Eles armam planos diabólicos para chegar a seus fins.

Depois da guerra, Donald passou a ser um forte concorrente de Mickey. Na Europa, na década de 1950, tornou-se até mais popular do que o valente e honesto camundongo, para grande surpresa (e — o que não se costuma dizer — para grande furor) de Walt Disney. Donald tornou-se progressivamente a grande estrela de *Walt Disney's Comics and Stories*, traduzidos ou adaptados em diferentes países europeus. Além de Donald, também o surpreendente Tio Patinhas (que na Alemanha recebeu o nome de Dagoberto), uma das melhores criações da história em quadrinhos norte-americana, graças ao desenhista Carl Barks, colaborador de Disney, que já havia, entre 1937 e 1943, remodelado totalmente o personagem de Donald. Também nesse caso, o fato de ser um pato comum não parece ter prejudicado o nosso herói; muito pelo contrário. É verdade que, nas tradições europeias, desde tempos remotos, o pato sempre foi visto como um animal que dá sorte.

Alguns sociólogos tentaram situar Donald no tabuleiro ideológico e político: seria ele um rebelde de esquerda, um pequeno-burguês de centro ou um anarquista de direita? Passa a imagem de um proletário sem sorte ou a de um individualista trapalhão e incapaz, sem o mínimo senso político e moral? Do mesmo modo, vários pesquisadores tentaram compreender por que na Europa — e na Alemanha, mais do que em qualquer outro lugar — Donald foi aos poucos suplantando Mickey junto às crianças e aos adultos. O primeiro só tinha defeitos, costumava ser negativo e ranzinza, não queria trabalhar, procurava viver à custa do tio, entrava em negócios que sempre redundavam em fracasso. O segundo era correto, leal, simpático, cheio de coragem e valentia, defendia os fracos, lutava com êxito contra os gângsteres e os políticos corruptos, lançou-se em mil aventuras extraordinárias. Isso não bastava. Mickey era um vencedor (*winner*), Donald, um perdedor (*loser*); ora, há muito a Europa estava cansada dos vencedores e de seu entusiasmo pueril. Em vez do simpático ratinho preto, ela preferiu mesmo o malvado pato branco, mais "humano", mais patético, menos "estupidamente norte-americano".

Referências

Anton, U., Hahn, R. *Donald Duck. Ein Leben in Entenhausen*. Munique, 1994.

Bohn, K. *Der Bücherdonald*. Hamburgo, 1992.

Groensteen, T. *Animaux en cases. Une histoire critique de la bande dessinée animalière*. Paris, 1987.

Horn, M. (org.) *The World Encyclopedia of Comics*. Nova York, 1976.

Kunzle, D. *Carl Barks: Dagobert und Donald Duck*. Frankfurt am Main, 1991.

Milu
(desde 1929)

Será que Milu é o mais célebre cão da história em quadrinhos? A resposta não é fácil, principalmente porque, ao contrário de outros cães, Milu não é o herói principal das histórias em que aparece. É apenas o fiel companheiro de Tintim, seu comparsa, confidente e, às vezes, dublê. Mas vive à sombra do jovem repórter e só raramente é o protagonista durante vários episódios sucessivos. Desde janeiro de 1929, quando Tintim surgiu pela primeira vez no *Le Petit Vingtième*, já estava acompanhado por Milu. Os dois vão para *O país dos sovietes*, e, quando suas aventuras semanais foram reunidas em livro, o título era naturalmente *As aventuras de Tintim e Milu*. Também, no ano seguinte, quando eles foram ao Congo, Milu teve um papel importante durante toda a história, chega até a ser coroado rei. Porém, quando o novo livro foi publicado, o nome de Milu desapareceu do título (*Tintim no Congo*). O mesmo aconteceu com o seguinte (*Tintim em Chicago*, que se tornou depois *Tintim na América*) e com todos os outros. A partir de então, passaram a ser as aventuras de Tintim, e não de Milu, ou, então, de modo muito acessório. Aliás, cada vez que começa uma aventura, Milu não se mostra muito entusiasmado. Sugere prudência a Tintim, aconselha-o a ficar tranquilo em casa, faz prognósticos sombrios, prevê e receia os incidentes e peripécias que virão.

Mais tarde, quando o capitão Haddock entra em cena, em *O caranguejo das pinças de ouro*, Milu perde uma posição na hierarquia dos personagens; depois, mais outra, quando aparece pela primeira vez o professor Trifólio Girassol, em *O tesouro de Rackham, o Terrível*. Em relação a esses novos parceiros, cuja personalidade vai-se afirmando, e cujo espaço ocupado vai sempre aumentando, o próprio Tintim parece deixar de ser a figura de primeiro plano para ter simplesmente o papel de fio condutor. A partir de então, Haddock e Trifólio são os destaques, e os dois Dupondt, os "convidados de honra". Quanto a Milu, perde nas últimas histórias o aspecto fortemente "humanizado" que tinha nas primeiras aventuras e volta a ser quase — por uma espécie de inversão rara nas histórias em quadrinhos — um simples cão.

Mas um cão que fala. Desde os primeiros livros, Milu faz uso da palavra. Fala com o dono, dá sua opinião, julga fatos e personagens. Pena que não seja muito feliz em se fazer ouvir. Falam com ele, ele responde, mas nenhum dos protagonistas parece ouvi-lo ou lhe dar atenção. De fato, é ao leitor que são endereçadas as palavras de Milu. Assim como são destinadas ao leitor as palavras que Tintim dirige a seu cão. Milu funciona na imagem como uma espécie de "canal" entre o herói e o público: receptor quando Tintim, em vez de monologar, lhe dirige a palavra; emissor quando diz o que está pensando. Hergé utiliza sempre com muita finura o jogo dos balões de falas dos personagens: balões com protuberância contínua para um personagem que fala, balões tracejados para o personagem que pensa. Como todos os outros, Milu fala e pensa; mas, se atentarmos para o tamanho dos balões, ele faz isso com muito mais sutileza do que os outros protagonistas, inclusive Tintim. Com Milu, o leitor é projetado numa situação de segundo ou terceiro grau em relação aos diálogos. Nesse sentido, ele se parece com Snoopy, astro canino das tirinhas cômicas de Charlie Brown. Mas, com o tempo, Snoopy acabou superando seu dono em vez de lhe servir de sombra, algo que Milu jamais conseguiu em relação a Tintim.

Assim, Milu não é um cão qualquer, nem um imbecil. É um *fox terrier*. Quando foi criado, no fim da década de 1920, tal escolha não foi por acaso. Na alta sociedade belga e francesa (bem como na inglesa e escocesa), os *fox terriers* estavam na moda. Eram apreciados pela forte personalidade, pelo temperamento obstinado e tenaz, pelo olhar vivo, pela inteligência superior à da maioria dos outros cães. Mesmo que fossem temerários, às vezes imprudentes, quase sempre rebeldes, nada disso prejudicava sua excelente reputação. Para Hergé, dar, em 1929, a seu pequeno repórter e escoteiro belga um companheiro desse tipo era um meio de ligá-lo a certa classe social — Tintim não tem nada de proletário, nem mesmo de pequeno-burguês — e um modo de anunciar as próximas aventuras, pois o *fox terrier* não é um cão caseiro nem conformado.

Como o nome indica, o *fox terrier* é, na origem, um cão destinado a caçar a raposa, atividade em moda na Inglaterra e na Escócia desde o fim da Idade Média até meados do século XX. Sua baixa estatura, cerca de quarenta centímetros, permite-lhe entrar nas tocas; sua coragem e forte mandíbula ajudam-no a resistir aos ataques da raposa. Tornando-se animal de companhia, o *fox terrier* não perdeu o instinto de caçador e uma determinação feroz para atacar ratos, gatos ou congêneres. Cães três vezes maiores do que ele não o amedrontam: é um lutador. Mas é também um incansável brincalhão, que gosta de patinhar na lama, exibir-se (nunca perde uma ocasião de se mostrar), divertir as crianças e participar do lazer dos donos.

É possível que o jovem Hergé tenha se inspirado, para criar Milu, no célebre Caesar, *fox terrier* branco de pelo rijo que pertenceu ao rei da Inglaterra Eduardo VII (1901-1910). Verdadeira celebridade internacional, Caesar percorreu a Europa com seu dono e foi apresentado a vários soberanos e chefes de estado. Vivo e malicioso (mas bem feio), ele pregava peças nos criados que cuidavam dele (tinha direito a três banhos por semana) e era a alegria do público e da imprensa nas cerimônias oficiais, pouco se importando com o protocolo. Quando o rei morreu, em 1910, Caesar teve o direito de ser o primeiro a seguir o caixão no cortejo fúnebre. A viúva, a rainha Alexandra, tomou conta dele, mas o cão parecia inconsolável com a morte do dono. Morreu quatro anos depois. No final da guerra, em 1918, um famoso escultor galês ergueu uma estátua com a sua imagem, que foi colocada na capela Saint Georges no castelo de Windsor, ao lado da tumba de Eduardo VII, não longe das placas funerárias dos cavaleiros da Ordem da Jarreteira.

Os heróis de histórias em quadrinhos não morrem jamais. Mas, se isso excepcionalmente acontecesse, sem dúvida Milu repousaria ao lado de Tintim, na capela do castelo de Moulinsart.

Referências

Apostolidès, J-M. *Les métamorphoses de Tintim*. Paris, 1984.

Bernheim, P.-A. *La vie des chiens célèbres*. Paris, 1997.

Groensteen, T. *Animaux en cases. Une histoire critique de la bande dessinée animalière*. Paris, 1987, p. 184-7.

Valadié, A. *Ma vie de chien. Entretiens avec Milou*. Paris, 1993.

Nessie, o monstro do Lago Ness
(desde 1933)

O Lago Ness é, ao lado do Lago Lomond, o maior lago de água doce da Grã-Bretanha. Situado ao sul de Inverness, uma das mais sedutoras cidades escocesas, é formado por uma bacia rochosa muito longa, com aproximadamente 35 quilômetros de comprimento por três de largura (na sua parte mais larga). Muito fundo — em certos pontos, chega a ter 75 ou 80 metros de profundidade —, contém um volume de água considerável e nunca congela. Desde tempos imemoriais, lá se pescam peixes de todo tipo, sobretudo trutas e salmões, alguns de tamanho considerável. Em 1950, um senhor de 82 anos, Archibald Learney, tirou das águas do lago um salmão pesando mais de 23 quilos; a pesca foi considerada milagrosa, que contribuiu para aumentar a mitologia do lugar.

Isso porque o Lago Ness, perdido nas brumas das *Highlands*, é um lugar mitológico. Bem antes da primeira aparição do famoso monstro, lá já eram encontrados seres estranhos, semi-homens, semianimais, ou então almas do outro mundo, vagando à noite entre o mundo dos mortos e o dos vivos. A Escócia sempre foi o país dos fantasmas, e a região do Lago Ness era uma das mais visitadas pelos espíritos, espectros e sombras. Foi região de difícil acesso durante anos, pois não dispunha de estradas e ficava muito longe de Edimburgo e Glasgow, mas se abriu mais para o sul e o leste da Escócia quando, em 1930, começaram a construir uma verdadeira estrada ao longo do lago na direção oeste a fim de ligar Inverness a Fort Augustus. Foi então que Nessie, o monstro das águas, fez sua primeira aparição oficial.

Isso ocorreu em 14 de abril de 1933, uma quinta-feira. Aproveitando a nova estrada, o Sr. e a Sra. John Mackay, hoteleiros em Drumnadrochit, voltavam para casa de carro depois de terem feito compras em Inverness. Pararam para admirar os reflexos do pôr do sol nas águas do lago e viram, duas vezes, um enorme burburinho agitar a superfície, e, logo em seguida, surgir um animal gigantesco, com corpo em forma de serpente, "rolando e mergulhando como se estivesse tomando o banho da tarde". Assustados, voltaram para casa e não contaram a ninguém nada do que tinham visto durante muitos dias. Mas, "como perderam o sono e o apetite" e "não conseguiram mais guardar para si tal segredo", contaram a aventura a um amigo jornalista que trabalhava no *Inverness Courier*, Alex Campbell. Ele publicou, em 2 de maio, um artigo sensacionalista, fantasiando sobre o relato do casal Mackay e pedindo outros depoimentos sobre a presença nas águas do lago de um animal "monstruoso".

Pediu e recebeu muitas narrativas e revelações. Parecia que os Mackay não foram os primeiros a ver o monstro. Várias pessoas contaram as visões estranhas que tiveram ao ir até as águas do lago, duas ou três décadas antes. Outras se lembraram de que seus pais ou avós também tinham visto a mesma coisa no fim do século XIX. Outras ainda exploraram documentos antigos e indicaram que o monstro — pois agora todo mundo o chamava assim — havia sido visto várias vezes nos séculos XVII e XVIII. Certos documentos de arquivos falavam de uma "salamandra gigante"; outros, de um "enorme sapo comprido". Um erudito local lembrou que, na vida de São Columba, monge vindo da Irlanda para evangelizar o oeste da Escócia no século VI, seu biógrafo já mencionava que, no ano 565, o santo monge havia afugentado, com a força de suas preces, um "monstro aquático" que vivia nas águas de um lago e aterrorizava toda a região.

Monstro marinho.
Gravura em madeira numa impressão inglesa
da *Legenda áurea* de Jacques de Voragine, Londres,
James Fox, 1512.

O caso teve grande repercussão. Em poucas semanas, o *Inverness Courier* aumentou muito suas tiragens diárias. No outono, a grande imprensa escocesa e inglesa entrou na dança. É verdade que nesse ínterim o monstro teve a boa ideia de reaparecer. Mais de dez pessoas puderam vê-lo durante o verão de 1933, nadando na superfície das águas, virando embarcações e até andando pelas margens. Descreveram-no como uma enorme serpente de corpo liso e escuro, com 7 a 10 metros de comprimento, tendo no dorso duas ou três bossas que formavam uma espécie de crista ou espinha; a cabeça era pequena, mas o olho, bem no alto, era enorme e ameaçador. No mês de outubro, jornalistas vieram de Londres, Paris, Milão e Berlim para ver e fotografar o estranho animal que, nesse meio-tempo, recebeu o afetuoso nome de Nessie. Uma fotografia foi tirada em 12 de novembro por Hugh Gray. Estava um pouco imprecisa, e o monstro mais parecia um tronco de árvore. Da mesma forma, o filme rodado um mês depois por Malcolm Irvine não tinha nenhuma imagem nítida: via-se uma forma escura pousada na superfície da água, e só. No fim do ano, uma pegada de passo gigantesco e parecendo palmada foi vista na lama da margem oriental. Tiraram um molde, que enviaram para ser estudado no Museu Britânico. Os cientistas que o examinaram declararam que não estava em condições de ser estudado e que não pertencia a nenhum animal.

Em 1934, houve um considerável incremento turístico em Inverness e em toda a região em torno do Lago Ness. O monstro não se dignou a aparecer tanto quanto no ano anterior. Mas foi ainda pior em 1935: houve só uma aparição! O entusiasmo foi esfriando, jornalistas e turistas foram rareando. Em Edimburgo, Glasgow, Londres, foi lembrado que Inverness sempre fora "uma cidade cheia de bêbados". Algumas aparições em 1938 e 1939 permitiram, porém, precisar o aspecto do animal: cinza-escuro, com dois metros de altura e sete ou oito metros de comprimento, cabeça minúscula, pescoço muito comprido; parece não ter boca, mas os olhos ovais, no alto da cabeça, são enormes, desproporcionais em relação ao resto da face; apesar do seu peso (talvez duas ou três toneladas), corre rápido, mais rápido do que um cavalo, sempre balançando o pescoço e a cabeça.

Durante a guerra, Nessie ficou quieto. Ninguém o viu. Só se mostrou de novo em 1950, e, desde então, durante uma década, foram muitas as aparições, a tal ponto que se chegou à conclusão de que as águas do Lago Ness não escondiam um, mas vários monstros. Aos jornalistas juntaram-se então cientistas desejosos de estudar o fenômeno. Diferentes livros haviam sido publicados, trazendo depoimentos inquietantes. A BBC fez vários programas radiofônicos e depois televisivos, mas parecia haver uma maldição sobre quem tentasse fotografar ou filmar os animais do lago: as imagens não saíam nítidas! Em 1961, o Estado britânico resolveu tratar do caso e criou o muito oficial Loch Ness Investigation Bureau. Ele fez um bom trabalho, selecionou com rigor os depoimentos, organizou expedições submarinas, com câmera e sonar, mas nunca conseguiu obter imagens nítidas dos supostos monstros. Tiveram a má ideia de oferecer uma enorme recompensa a quem conseguisse fotografá-los de fato. Espertalhões fizeram várias trucagens, e não faltaram piadas. O Bureau ficou desacreditado e foi extinto pelo governo em 1972.

Norte-americanos e japoneses entraram nessa história nos anos seguintes, com equipamentos consideráveis, sobretudo para operar sob a água. Em 1975, fotos submarinas foram feitas em primeiro plano, mostrando o dorso, o pescoço e a cauda arredondada dos animais. Mas continuavam pouco nítidas, e os cientistas das grandes instituições consideraram, mais uma vez, que se tratasse de "troncos de árvore". Entretanto, há muito tempo os jornalistas e o público em geral não lhes davam atenção. Pouco a pouco se firmou a ideia de que o(s) monstro(s) do Lago Ness eram animais pré-históricos, dados como desaparecidos, mas que haviam sobrevivido sem sofrer transformações ao longo de milênios: anfíbios primitivos, talvez plesiossauros. Apesar dos desmentidos dos cientistas, essa é hoje a opinião mais aceita. Será difícil modificá-la, tanto mais porque o monstro do Lago Ness deu origem, naturalmente, a outros monstros das águas do mesmo tipo, vistos nos cinco continentes desde a década de 1930. Nenhum, contudo, conseguiu a fama midiática de Nessie. É uma estrela internacional, estranha e caprichosa, que nem precisa mais se mostrar para continuar popular. De fato, desde a década de 1970, suas aparições tornaram-se raras, contribuindo ainda mais para aumentar o mistério.

O historiador não é obrigado a dizer se crê ou não na existência do monstro do Lago Ness. Para ele, tanto como para o etnólogo, o sociólogo ou o psicólogo, o imaginário não se opõe de modo algum à realidade. Faz parte dela. Se o pesquisador estuda determinada sociedade e deixa de lado — em nome da ciência! — tudo o que provém do imaginário, ele mutila totalmente suas pesquisas e análises, nada conseguindo compreender dessa sociedade. O imaginário é uma realidade e deve ser estudado como tal. Pessoas, muitas e diferentes, viram o monstro do Lago Ness e acreditam na sua existência. É um fato: essas pessoas e suas crenças existem e devem constituir o ponto de partida de toda a reflexão.

O que impressiona o historiador da Idade Média que sou é o parentesco formal entre o monstro do Lago Ness e o dragão medieval. Também ele não é um animal quimérico, mas um ser real que se encontra por toda parte e em todas as circunstâncias. É temido no cotidiano (na Idade Média, tinha-se menos medo do lobo do que do dragão) e visto como o rei das serpentes. É, aliás, no capítulo reservado a esses animais que todas as enciclopédias medievais o colocam. Elas falam muito dele e o apresentam como um ser medonho e temível, a maior de todas as serpentes, das quais possui o veneno, a cauda e o corpo viscoso. Mas seu aspecto é ainda mais assustador. Possui no dorso uma crista e escamas, às vezes asas que lhe permitem voar. As patas enormes terminam em imensas garras com as quais estraçalha a presa. A boca e as orelhas cospem fogo, a língua e a cauda são bifurcadas, o corpo, além de viscoso, é também pustulento e fede muito. O olhar fixo é apavorante, e, às vezes, em lugar de uma, o dragão tem várias cabeças. É um glutão que ao mesmo tempo baba, cospe, vomita, engole, esmaga, arrebenta e devora. Senhor das águas, que transbordam com a sua cólera, guardião das montanhas e dos tesouros, é ao mesmo tempo violento e astuto, imprevisível e praticamente invencível: corre mais rápido do que qualquer animal, rasteja pelo solo, esconde-se nos rochedos, voa pelos ares, nada submerso, participando, assim, dos três mundos: terrestre, celeste e subterrâneo.

Tal é o retrato que enciclopédias e bestiários medievais fazem do dragão. Seu aspecto polimorfo presta-se nas imagens a todas as encenações, todas as torções e contorções, todos os duplos e multiplicações, sobretudo na época romana. Monstro cujo olhar petrifica, seu fogo queima, sua baba paralisa, seu bafo contamina, e seu veneno intoxica (mas cujo esperma fecunda...), o dragão só pode ser vencido por um santo ou herói. Miguel, Jorge, Margarida e Marta foram os grandes santos que o derrotaram, mas há muitos outros, menos universais, mais ligados às lendas de uma região, que o enfrentaram e venceram. Nas canções de gesta e nos romances de cavalaria, esses santos e santas são imitados por Siegfried, Artur, Tristão e outros. Simbolicamente, a vitória sobre o dragão é sempre a vitória sobre as forças do mal, o Diabo, o pecado, o paganismo ou a heresia. Mais do que para o corpo, o dragão, ao contrário do leão e das feras, é um perigo para a alma. É, por excelência, o inimigo da Igreja, e, por isso, como os santos, os prelados são às vezes representados esmagando-o com os pés.

O que me surpreende também é a rapidez e a facilidade com que certos zoólogos e paleontólogos afirmaram com seriedade que os dragões medievais, representados em inúmeras esculturas e iluminuras, são a lembrança de animais pré-históricos extintos há milhões de anos. Como se o inconsciente coletivo tivesse guardado a marca desses animais gigantescos que já haviam desaparecido quando o homem surgiu! Ao mesmo tempo, são às vezes esses mesmos cientistas que consideram que a história do monstro do Lago Ness não passa de "um tecido de quimeras, mentiras e ninharias".

Referências

AYZAC, F. d'. "Iconographie du dragon". *Revue de l'art chrétien*, v. 8. 1864, p. 75-95, 169-94, 333-61.

KÄPPLER, C. *Monstres, démons et merveilles à la fin du Moyen Âge*. 2. ed. Paris, 1988*.

LEY, Q. *Drachen, Riesen, seltsame Tiere von gestern und heute*. Stuttgart, 1953.

_____. *Transactions of the Lago Ness Investigation Bureau*, Inverness, 1961-1972, 12 v.

WITCHELL, N. *Nessie, le monstre du Lago Ness*. Paris, 1977.

---

* *Monstros, demônios e encantamentos no fim da Idade Média*, São Paulo, Martins Fontes, 1994. (N.E.)

Laika, a primeira cadela cosmonauta
(1957)

Na conquista do espaço, o cão precedeu o homem em alguns anos. Em 3 de novembro de 1957, uma cadela da raça *spitz* chamada Laika, que já participara de diferentes experiências a bordo de foguetes no ano anterior, embarcou a bordo do satélite Sputnik II e tornou-se o primeiro ser vivo enviado ao espaço. É verdade que uma década antes macacos, ratos, *hamsters* e cães já haviam sido usados pela pesquisa espacial e tinham voado a alguns quilômetros da Terra em diferentes cápsulas ou foguetes. Mas nenhum tinha chegado ao espaço intersideral.

Dessa aventura espacial, Laika não regressou. Instalada num pequeno compartimento preparado para tal, ela podia pegar sua comida graças a uma espécie de distribuidor automático. Ao cabo de seis dias, segundo os testes feitos a partir da Terra, ela parecia estar bem de saúde, mas não fora previsto que o satélite voltasse ao nosso planeta. As reservas de oxigênio se esgotaram, e Laika morreu.

Assim haviam decidido os responsáveis soviéticos dos programas de conquista espacial.

Mas a cadela virou uma celebridade póstuma, que ultrapassou o âmbito da URSS. Em vários países, foi declarada mártir da ciência. Em Asnières, foi erguida uma lápide à sua memória no célebre cemitério de cães. Em Moscou, recebeu uma estátua. Em Helsinque, um grupo de cantores de *surf instrumental* adotou o nome de *Laika and the Cosmonauts*. O verdadeiro nome da cadela levou um tempo para se tornar conhecido. Durante meses, no estrangeiro, foi chamada Damka, Linda e depois Lock, antes de ser identificada e confirmada Laika. Ao mesmo tempo, vários boatos circularam a respeito de sua morte. A causa foi mesmo a falta de oxigênio ou teria o animal recebido, depois de alguns dias, alimento deliberadamente envenenado? Ou teria sido morta acidentalmente pelo distribuidor automático, ou queimada pela irradiação solar? Seu cadáver se decompôs na cápsula; quando foram recuperados os restos do Sputnik II, que explodiu nos céus do mar do Caribe, após 162 dias e 2.370 rotações em torno da Terra, não restava mais nada do animal.

Três anos depois, em 19 de agosto de 1960, duas cadelas chamadas Belka e Strelka foram também lançadas em órbita a bordo do Sputnik V. Como Laika, foram selecionadas entre centenas de cães pelo célebre Instituto Pavlov. Mas tiveram mais sorte. Usando macacões sintéticos e capacetes parecidos com os que os cosmonautas têm nas histórias em quadrinhos, elas aguentaram perfeitamente a viagem: após dezoito rotações em torno da Terra, voltaram em boa forma de novo para o chão, pois o aparelho no qual estavam pousou quase no lugar previsto. Aliás, elas não haviam viajado sozinhas, mas acompanhadas de dois ratos, quarenta camundongos, centenas de insetos e diversos vegetais. Todos pereceram, exceto as duas cadelas, os dois ratos e 28 camundongos, que venceram o espaço e foram homenageados em vida.

Nesse ínterim, os norte-americanos, que por muito tempo preferiram enviar ao espaço macacos em vez de cães (talvez por amor aos cães), tinham colocado em órbita, em 28 de maio de 1959, duas macacas chamadas Able e Baker, repletas de eletrodos e cercadas de câmeras e aparelhos de registro. Depois de terem subido a quase 500 quilômetros da Terra, as duas macacas voltaram sãs e salvas. Mas Able, a mais idosa, morreu oito dias depois.

Dois anos mais tarde, em 12 de abril de 1961, o cosmonauta Yuri Gagarin (1934-1968) foi o primeiro homem a realizar um voo no espaço a bordo da nau espacial Vostok I. O voo durou uma 1 hora e 48 minutos, e Gagarin não recebeu nenhum alimento envenenado.

Referências

BERNHEIM, P.-A. *La vie des chiens célèbres*. Paris, 1997, p. 247-8.
CIESLIK, J. *So kam der Mensch ins Weltall*. Hanover, 1970.
MIELKE, H. *Lexikon der Raumfahrt*. Bonn, 1970, p. 83-4.
STANEK, S. *Raumfahrtlexikon*. Berna e Stuttgart, 1983.

Os javalis de Obelix
(desde 1959)

Obelix constitui sem dúvida o arquétipo do personagem de folhetim ou de história em quadrinhos destinado a ter um papel secundário ao lado do herói, mas que ganha, com o passar do tempo e dos episódios, lugar cada vez mais destacado, deixando na sombra o personagem principal e tornando-se o mais importante. Sem dúvida, em *As aventuras de Asterix*, o verdadeiro herói é ele, Obelix, "grande guerreiro ruivo de tranças", como ele próprio se classifica, glutão, obeso, suscetível, sentimental, às vezes ingênuo, mas dotado de força prodigiosa desde criança, quando caiu acidentalmente no caldeirão em que o druida Panoramix preparava sua poção mágica. Foi essa famosa poção que tornou invencíveis os gauleses de uma aldeia da Armórica, que não se curvavam diante de César e suas tropas. Obelix, em quem os efeitos da poção eram permanentes, não precisava tomar nada para lutar contra os romanos — o seu maior prazer além da caça ao javali.

Criadas e escritas por René Goscinny, desenhadas por Albert Uderzo, *As aventuras de Asterix* apareceram no primeiro número do jornal *Pilote*, em 29 de outubro de 1959, e toda semana vieram alegrar um público cada vez mais numeroso. Três anos depois, foi publicado o primeiro livro, *Asterix, o gaulês*; e depois mais 38, com várias edições de dezenas de milhões de exemplares lançados em mais de sessenta línguas. Foi e continua sendo um enorme sucesso, mesmo depois do falecimento de René Goscinny em 1977. Sucesso merecido. O grafismo é bem cuidado e sedutor, as piadas visuais são numerosas, e os trocadilhos, mais ainda, e as cenas são solidamente construídas. Trata-se de uma história em quadrinhos de qualidade, destinada a um público variado. Procura antes de tudo divertir, mas se baseia sempre em sólida documentação histórica. Aliás, é esse rigor documental que permite aos autores manejar com humor o anacronismo e praticar constantemente a alusão em segundo ou terceiro grau.

Mais original do que Asterix, — homenzinho tinhoso que não conhece o fracasso (nesse sentido, é parecido com Mickey) — Obelix tornou-se, com o tempo, um dos heróis mais populares das histórias em quadrinhos não só na França, mas em toda a Europa e outros lugares. Tem como companheiro um cachorrinho chamado Ideiafix, cujo tamanho minúsculo contrasta muito com o do dono. A bem dizer, esse cão muito simpático é também muito banal. Não se destaca em relação aos outros cães das histórias em quadrinhos e fica bem atrás dos astros que são Milu ou Snoopy. Mais insólitos e atraentes são os javalis que Obelix caça na floresta e que compõem o prato preferido do banquete que encerra infalivelmente cada uma das aventuras dos dois heróis. Obelix caça os javalis a pé, derruba-os com os próprios punhos, devora-os de dois em dois ou de quatro em quatro, pensa tanto neles a ponto de chegar a vê-los em sonho ou rejeitar qualquer outro alimento. Mais do que Ideiafix, são os javalis que, ao lado das eternas calças listradas de azul e branco, constituem o principal atributo narrativo e iconográfico de Obelix. Admiravelmente desenhados por Uderzo, esses atributos formam em cada história uma espécie de *leitmotiv* no qual o leitor tem a alegria, a imensa alegria de encontrar o que conhece: na história em quadrinhos, como na vida diária, não é na novidade, mas no que é habitual que sentimos as maiores alegrias.

Longe de ser uma criação menor ou fantasia da imaginação de René Goscinny, esses javalis gauleses, romanos e galo-romanos têm inegável dimensão histórica, que acentua a pertinência da pesquisa e da documentação do autor, mostrando como a popularização do conhecimento pode também, às vezes, passar pelas histórias em quadrinhos.

Os romanos gostavam de carne, mas comiam menos do que seus vizinhos gauleses e germanos, que a consumiam em enormes quantidades. Sua preferência era a carne de porco, à qual dedicavam uma cozinha refinada cujas receitas nos foram transmitidas por vários autores. Plínio, o Velho, julgava que a carne de porco apresentava cinquenta sabores, enquanto a dos outros animais tinha apenas um. Insistia (já naquela época!) nessa maravilha da natureza: no porco tudo se consome, tudo é bom, e especifica que seus conterrâneos preferiam — erroneamente, segundo ele — os grandes animais aos leitõezinhos, sobretudo às leitoas e aos varrões, que morrem de tanto comer. A sensibilidade romana e galo-romana sempre teve uma ternura peculiar pela gula, tanto dos homens como dos animais. Nesse aspecto, Obelix já está um tanto romanizado.

Em seu tratado da agricultura, o *De re rustica*, compilado no fim de sua vida, cerca do ano 30 a.C., o ilustre Varrão ("o mais sábio romano" no dizer de Cícero) dá muitas informações sobre a criação suína na Itália e na Gália no final da época republicana: os "melhores" porcos seriam os de pelo de uma só cor, e não os malhados; o varrão poderia cobrir dos oito meses até os três anos; se quisessem castrá-lo, a melhor idade seria um ano; as leitoas poderiam ser mães a partir dos doze meses; teriam duas ninhadas por ano e alimentariam os bacorinhos durante dois meses; deveria haver tantos bacorinhos quantas fossem as tetas; se houvesse menos, a leitoa não teria bom rendimento; se houvesse mais, ela seria "pródiga"! Varrão cita como recorde a lendária leitoa do herói troiano Eneias que, em Lavínio, teria parido trinta filhotes; sua efígie foi conservada em bronze, e seu corpo... na salmoura. Nosso agrônomo também fala das varas de porcos: um bom rebanho deveria ter cem cabeças, na proporção de um varrão para doze leitoas; os filhotes deveriam desde cedo obedecer ao som da trompa do porqueiro e saber agrupar-se; se deixassem as leitoas vagar pela floresta, elas cruzariam com os javalis; uns e outros — porcos domésticos e porcos selvagens — seriam animais inteligentes, talvez até os mais inteligentes de todo o mundo animal.

Mais de um século depois, Plínio, o Velho, em sua célebre *História Natural*, demonstra menos admiração pela espécie suína. Duvida da inteligência do porco. Como de costume, conta inúmeras fábulas a respeito do animal, tiradas de diversas tradições romanas, gaulesas, orientais: muitas leitoas devorariam os filhotes; o porco seria um animal frágil, sobretudo da garganta; reconhece-se que ele estaria doente quando caminhasse virando a cabeça de lado; o porquinho destinado ao sacrifício deveria ser imolado o mais cedo possível porque se tornaria impuro com rapidez; cinco dias seria o máximo (sete para o cordeiro, trinta para a vitela); o porco viveria até quinze ou vinte anos, mas, se perdesse um olho antes dessa idade, morreria logo. Plínio também fala dos javalis, que na Índia têm dois chifres como os bovinos! Explica, porém — aqui ele tira seu saber provavelmente de Aristóteles e de Varrão —, que o cruzamento do javali e do porco seria uma operação fácil, mais fácil do que em qualquer outra espécie animal.

Mais ainda do que o porco doméstico, o javali era um animal amado e respeitado pelos romanos. Famoso por sua força e coragem, caçá-lo era um dos esportes favoritos da aristocracia. Já celebrada por Homero, a caça ao javali constitui um tema clássico da literatura grega e romana; confere valor porque é perigosa (ao passo que a caça ao veado, considerado medroso, não supõe perigo e, por isso, teria pouco interesse). Essa caçada se pratica a pé, com a ajuda de matilhas especializadas cujo papel é acuar o animal para redes, onde os homens o atacam no corpo a corpo, armados apenas com uma estaca. Tema literário, animal emblemático — muitas famílias romanas têm um nome ou um símbolo que evoca o javali —, figura mitológica, o porco selvagem é também, sobretudo, uma caça de qualidade, o item principal de toda a gastronomia romana, que atingiu seu apogeu no início da época imperial. Os mais apreciados porcos e javalis são, então, os importados da Gália, reserva inesgotável de porcinos e seus subprodutos.

As imensas florestas de carvalhos e faias que cobriam a antiga Gália sempre impressionaram muito os romanos. Essas florestas, menos impenetráveis e temíveis do que as da Germânia, abrigavam um gado abundante, em especial inúmeros rebanhos de porcos semisselvagens, que se deleitavam com bolotas e faias. Os porcos que vagueavam em liberdade vigiada em torno das aldeias representavam uma das maiores riquezas da Gália: eram criados pela carne que, em parte, era exportada para os mercados da Itália e da Espanha. Até a época das grandes invasões bárbaras, a carne salgada gaulesa era famosa e consumida em todo o Império. Ovídio, exilado pelo imperador Augusto para as margens do mar Negro, conta como a comida era um de seus raros prazeres e como a charcutaria vinda da Gália lhe lembrava do Ocidente que ele teve de deixar.

Essa riqueza econômica fornecida pelo porco era acompanhada na civilização gaulesa por uma forte dimensão religiosa. O porco selvagem foi o animal mais valorizado da mitologia celta. Atributo do deus Esus, ancestral de todos os outros deuses, ele representava ao mesmo tempo a força espiritual, a energia criadora, a virtude viril e a caça real por excelência. Muitos foram, nas mitologias gaulesas e celtas, os reis ou príncipes que fizeram uma caçada interminável ao javali, sobretudo o javali branco, que os levaria ao outro mundo. Era a imagem do poder temporal perseguindo em vão o poder espiritual. Mas era também uma caçada mágica, um rito de passagem, que deu origem às narrativas de façanhas fabulosas, que apresentavam animais gigantescos e guerreiros ferozes que, como Obelix, eram invencíveis.

Referências

Buren, R., Pastoureau, M., Verroust, J. *Le cochon. Histoire, symbolique et cuisine du porc.* Paris, 1987.

Maguet, F., Touillier-Feyrabend, H. (org.) *Astérix. Un mythe et ses figures.* Paris, 1998.

Méniel, P. *Chasse et élevage chez les Gaulois.* Paris, 1987.

Pastoureau, M. "La chasse au sanglier. Histoire d'une dévalorisation". In: Paravicini, A., Van den Abeele, B. (org.) *La chasse au Moyen Âge. Société, traité, symboles.* Florença, 2000, p. 7-23.

Pastoureau, M. "L'homme et le porc : une histoire symbolique". *Couleurs, images, symboles. Études d'histoire et d'anthropologie.* Paris, 1986, p. 237-83.

Dolly, a ovelha clonada
(1996)

Se o homem desde tempos remotos sonhou em caminhar na Lua, só há poucas décadas ele sonhou em clonar seus semelhantes, prova do inquietante deslocamento de seus sonhos e curiosidades. Até recentemente, sabia-se fecundar *in vitro*, sabia-se transferir embriões de um útero para outro, sabia-se até clonar vegetais, mas ainda não se sabia fazer isso com animais. Agora é assunto resolvido: na primavera de 1996, o doutor Ian Wilmut e sua equipe do Institut Roslin de Edimburgo conseguiram clonar uma ovelha e produzir Dolly, clone de Belinda, seis anos mais velha do que ela. O historiador de animais ficou feliz em saber que na Escócia as ovelhas — e, sem dúvida, também carneiros e cordeiros — têm nomes tão bonitos. Ele gostaria de saber mais sobre a escolha desses nomes. Aos seus olhos, as práticas culturais da zoonomia são pelo menos tão importantes quanto os avanços (?) da ciência e as experiências que os aplicam.

Um clone (termo etimologicamente tirado do vocabulário da botânica) é um ser vivo cujo programa genético é idêntico ao de outro ser vivo. Esse programa genético está localizado no núcleo de uma célula original. Nesse sentido, os verdadeiros gêmeos são clones naturais, já que saíram da mesma célula núcleo, que, ao se dividir, produziu dois embriões em vez de um. Até recentemente, pensava-se que as células do corpo, por preencherem funções muito diferentes (as células do fígado não são as do estômago, que não são as do intestino etc.), não possuíam a integralidade do programa genético de um indivíduo — animal ou humano. A clonagem de Dolly acabava de provar o contrário: qualquer célula nucleada possui a integralidade desse programa, e qualquer célula do corpo pode, portanto, ser utilizada para fabricar um clone. Foi essa descoberta que abriu à ciência e às manipulações genéticas horizontes infinitos.

Dolly foi clonada a partir de uma célula de glândula mamária retirada de Belinda, simpática ovelha de seis anos. Essa célula foi colocada em cultura e posta em contato com oócitos retirados de outra ovelha (de cabeça preta, ao passo que Belinda tinha a cabeça branca). Graças a uma estimulação elétrica, a fusão ocorreu, e a célula retirada de Belinda foi para o interior do óvulo produzido pela segunda ovelha. O programa genético da ovelha branca foi parar no óvulo da ovelha preta. Esse óvulo foi colocado numa terceira ovelha, mãe de aluguel, e, ao fim de cinco meses, Dolly nasceu. É uma ovelha de cabeça branca, como Belinda, que forneceu a célula original, retirada de sua glândula mamária.

O princípio era simples, mas a realização foi bem difícil. O doutor Wilmut e sua equipe tiveram de realizar mais de mil fusões célula/óvulo; só 30% vingaram, e apenas 29 se desenvolveram normalmente. Colocados em treze mães de aluguel diferentes, os óvulos fecundados só deram um único nascimento viável: Dolly. Mas esse resultado foi de alcance considerável. Pela primeira vez o homem, que há muito manipulava os espermatozoides e os óvulos, sabia transferir os embriões em todos os sentidos e até, sob certas condições, clonar células embrionárias, tinha conseguido fazer isso a partir de células adultas. Por enquanto, células de animais vivos, mas cabe pensar que logo será possível fazê-lo a partir de células retiradas de animais mortos ou de espécies extintas, e, sobretudo, a partir de células humanas. É claro que a clonagem e a produção transgênica de animais são postas a serviço das pesquisas veterinárias e das indústrias agroalimentares, mas é grande a tentação de ir mais longe em virtude dos progressos da medicina que disso poderiam advir. Várias equipes de pesquisa já anunciaram, em quase todo o mundo, que vão tentar clonar o ser humano nos próximos anos, apesar dos problemas éticos, de dimensão incomum, que tais experiências provocam. Em nome da Ciência, como sempre!

O historiador não é adivinho. Não tem o distanciamento nem a competência para predizer até onde vai chegar a clonagem das espécies animais e, depois, talvez, a clonagem humana. Mas, como todo mundo, ele se preocupa. Além disso, sabe que muitas vezes no passado, quando o homem quis bancar o aprendiz de feiticeiro, acabou provocando regressões e catástrofes. Mas sabe também que, entre todos os animais, o carneiro foi aquele que o homem transformou mais profundamente desde que o domesticou. Se o primeiro animal clonado é uma ovelha, não foi por acaso, mas, ao contrário, o desfecho de uma velha história.

Ao contrário da ideia costumeira, o mais antigo animal doméstico não é o cão, mas o carneiro (a abelha constitui um caso à parte), animal que fornece uma quantidade de produtos essenciais superior a todos os outros animais: carne, leite, lã, couro, gordura, sebo, entranhas, ossos, chifres. Foi por ter domesticado o carneiro, nove ou dez mil anos antes de nossa era, que o homem teve de domesticar o cão, para guardar e proteger o carneiro. Esse é não apenas o mais antigo mamífero doméstico, mas também o único incapaz de, hoje, sobreviver sem o homem. Isso mostra a influência que o homem teve ao longo das eras sobre a evolução da espécie ovina: seleções, cruzamentos, controles da reprodução, transformações das raças e, atualmente, manipulações genéticas. O carneiro é, por natureza, um animal muito adaptável, biologicamente de grande plasticidade, mas o homem usou e abusou de tais disposições, a ponto de o carneiro ser, hoje, o único mamífero doméstico absolutamente incapaz de voltar à vida selvagem.

É também o mamífero doméstico mais espalhado pelo planeta (entre um e dois bilhões de cabeças). Nisso também não foi por acaso que a equipe do doutor Wilmut escolheu fazer suas experiências a partir de ovinos. Os geneticistas, aliás, observaram o vínculo etimológico existente em latim e em várias línguas indo-europeias entre a palavra que designa o ovo, *ovus*, e aquela que designa o carneiro ou a ovelha, *ovis*. E também não é fortuito que tenham sido células das glândulas mamárias as que foram retiradas para clonar um mamífero, categoria na qual também se classifica, desde o século XVIII, a espécie humana. Trata-se do fruto de doze mil anos de história referente às relações entre o homem e o carneiro; uma história não apenas econômica e biológica, mas também, sobretudo, social e simbólica. Aqui, como em toda parte — e em Edimburgo, capital de um país que dedica ao carneiro um culto ancestral, talvez mais do que em qualquer outro lugar —, tudo é cultural.

Referências

Claeys, A., Huriet, C. *Office parlementaire des choix scientifiques et technologiques. Rapport sur le clonage.* Paris, 2000.

Droit, R.-P. et al. *Le clonage humain.* Paris, 1999.

Nature, v. 380, mar. 1996/mar. 1997.

Pastoureau, M. "L'homme et le mouton: une histoire symbolique". In: Musée dauphinois. *L'homme et le mouton.* Grenoble, 1994, p. 11-23.

Bibliografia

1. Obras gerais

Bodson, L. "L'Animal de compagnie. Ses rôles et leurs motivations au regard de l'histoire". *Colloque d'histoire des connaissances zoologiques*, v. 8. Liège, 1997.

_____. "Les animaux exotiques dans les relations internationales: espèces, fonctions, significations". *Colloque d'histoire des connaissances zoologiques*, v. 9. Liège, 1998.

Caboche-Demerville, J. *Les animaux célèbres*. Paris, 1844.

Dekkers, M. *Geliebtes Tier. Die Geschichte einer innigen Beziehung*. Reinbeck, 1996.

Delort, R. *Les animaux ont une histoire*. Paris, 1984.

Digard, J.-P. *L'homme et les animaux domestiques. Anthropologie d'une passion*. 1990.

Evans, E. P. *The Criminal Prosecution and Capital Punishment of Animals*. Londres, 1906.

Fontenay, E. de. *Le silence des bêtes. La philosophie à l'épreuve de l'animalité*. Paris, 1998.

Franklin, A. *La vie privée d'autrefois:* les animaux. Paris, 1897-1899, 2 v.

Grieser, D. *Im Tiergarten der Weltliteratur*. Munique, 1993.

Lewinsohn. R. *Histoire des animaux*. Paris, 1953.

Loevenbruck, P. *Les animaux sauvages dans l'histoire*. Paris, 1955.

Loisel, G. *Histoire des ménageries de l'Antiquité à nos jours*. Paris, 1912, 3 v.

MÜLLER, E. *Les animaux célèbres*. Paris, 1885.

SAINT-GERVAIS, A. de. *Les animaux célèbres*. Paris, 1832, 2 v.

SCHENDA, R. *Das ABC der Tiere. Märchen, Mythen und Geschichten*. 1995.

ZEUNER, F. E. *A History of Domesticated Animals*. Londres, 1963.

2. Antiguidade e mitologia greco-romana

ANDRÉ, J. *Les noms d'oiseaux en latin*. Paris, 1967.

AYMARD, J. *Les chasses romaines*. Paris, 1951.

BEIDERBECK, R., KNOOP, B. *Bestiarum. Berichte aus der Tierwelt der Alten*. Lucerna, 1978.

GUBERNANTIS, A. de. *Mythologies zoologiques ou légendes animales*. Reimpr. Milão, 1987.

HERVIEUX, L. *Les fabulistes latins depuis le siècle d'Auguste jusqu'à la fin du Moyen Âge*. Paris, 1884-99, 5 v.

KELLER, O. *Die antike Tierwelt*, Leipzig. 1909-13, 2 v.

KLINGENDER, F. D. *Animals in Art and Thought to the End of the Middle Ages*. Londres, 1971.

PELLEGRIN, P. *La classification des animaux chez Aristote*. Paris, 1983.

PRIEUR, J. *Les animaux sacrés dans l'Antiquité*. Paris, 1988.

TOYNBEE, J. M. C. *Animals in Roman Life and Arts*. Londres, 1973.

3. Bíblia, patrística, hagiografia

ANTI, E. *Santi e animali nell'Italia padana (secoli IV-XII)*. Bolonha, 1998.

BERNHART, J. *Heilige unde Tiere*. Munique, 1937.

BIBLE (LA) DE A À Z. *Animaux, plantes, minéraux et phénomènes naturels*. Turnhout, 1989

CHARBONNEAU-LASSAY, L. *Le bestiaire du Christ*. Bruges, 1940.

PANGRITZ, W. *Das Tier in der Bibel*. Munique, 1963.

VOISENET, J. *Bestiaire chrétien. L'imagerie animale des auteurs du haut Moyen Âge (V^e-XIe s.)*. Toulouse, 1994.

_____. *Bêtes et hommes dans le monde médiéval. Le bestiaire des clercs du Ve-XIIe s*. Turnhout, 2000.

WADDELL, H. *Beasts and Saints*. Londres, 1934.

4. Idade Média

BAXTER, R. *Bestiaries and their Users in the Middle Ages*. Phoenix Mill (G. B.), 1999.

BERLIOZ, J., POLO DE BEAULIEU, M. A. (org.) *L'animal exemplaire au Moyen Âge (V^e-XVe s.)*. Rennes, 1999.

GEORGE, W., YAPP, B. *The Naming of the Beasts. Natural History in the Medieval Bestiary*. Londres, 1991.

HASSIG, D. *Medieval Bestiaries*: Text, Image, Ideology. Cambridge, 1995.

HENKEL, N. *Studien zum Physiologus im Mittelalter*. Tübingen, 1976.

LANGLOIS, C.-V. *La connaissance de la nature et du monde au Moyen Âge*. Paris, 1911.

LAUCHERT, F. *Geschichte der Physiologus*. Estrasburgo, 1889.

MCCULLOUGH, F. *Medieval Latin and French Bestiaires*. Chapel Hill (EUA), 1960.

IL MONDO ANIMALE. *The World of Animals*. Turnhout-Sismel, 2000, 2 v. (*Micrologus*, VIII, 1-2).

LE MONDE ANIMAL ET SES REPRÉSENTATIONS AU MOYEN ÂGE (XIE-XVE S.). *Actes du XVe congrès de la Société des historiens médiévistes de l'enseignement supérieur public (1984)*. Toulouse, 1985.

L'Uomo di fronte al mondo animale. Settimane di studio del Centro italiano di studi sull'alto medioevo (1932). Spoleto, 1984.

Rösener, W (org.) *Jagd und höfische Kultur im Mitttelalter.* Göttingen, 1997.

Strubel, A., Saulnier, C. de. *La poétique de la chasse au Moyen Âge. Les livres de chasse du XIVe siècle.* Paris, 1994.

5. Época moderna

Baratay, E. *L'Église et l'animal (France, XVIIe-XXe siècles).* Paris, 1996.

Chêne, C. "Juger les vers. Exorcismes et procès d'animaux dans le diocèse de Lausanne (XVe-XVIe siècles)". *Cahiers lausannois d'histoire médiévale,* v. 14. Lausanne, 1995.

Durand, R. (org.) *L'homme, l'animal domestique et l'environnement du Moyen Âge au XVIIIe siècle. Actes du colloque de Nantes (1992).* Nantes, 1993.

Moriceau, J.-M. *L'élevage sous l'"Ancien Régime (XVIe-XVIIIe siècles).* Paris, 1999.

Thomas, K. *Dans le jardin de nature. La mutation des sensibilités en Angleterre à l'époque moderne (1500-1800),* Paris, 1985.

Vartier, J. *Les procès d'animaux du Moyen Âge à nos jours.* Paris, 1970.

6. Séculos XIX e XX

Baratay, E., Hardouin-Fugier, E. *Zoos. Les jardins zoologiques en Occident (XVIe-XXe siècles).* Paris, 1998.

Couret, A., Daigueperse, C. *Le tribunal des animaux. Les animaux et le droit.* Paris, 1987.

LÉVY, P. R. *Les animaux du cirque*. Paris, 1992.
PAIETTA, A. C., KANPILLA, J. L. *Animals on Screen and Radio*. Nova York, 1994.
PETER, J.-J., LAISSUS, Y. *Les animaux du Museum, 1793-1993*. Paris, 1993.
ROTHEL, D. *The Great Show Business Animals*. Nova York/ Londres, 1980.
ROVIN, J. *The illustrated Encyclopedia of Cartoon Animals*. Nova York, 1991.

Índice dos animais

A

Abelha 233, 234, 235, 236, 237, 300
Abelheiro 127
Águia 67, 68, 133, 134, 233, 235
Alce 34, 150
Antílope 150, 243, 246
Asno 58, 59, 125, 152, 153, 154, 157, 158, 196, 197
Auroque 31, 34, 41
Avestruz 150

B

Bácora 170
Bacorinho 100, 165, 293
Baleia 11, 17, 27, 60, 62, 65, 211
Bisão 31, 34
Bode 69
Bode selvagem 34
Boi 17, 43, 56, 82, 83, 84, 85, 87, 198, 208
Burro 13, 17, 57, 58, 59, 82, 83, 84, 85, 87, 88, 158

C

Cabra 69, 173
Cabrito montês 108
Cadela 285, 286, 287
Camela 243
Camelo 26, 144, 150, 240, 243
Camundongo 212, 218, 262, 263, 265, 287
Canguru 27
Cão 17, 30, 143, 181, 197, 214, 219, 262, 268, 269, 270, 271, 272, 285, 290, 300, 301
Carneiro 125, 126, 168, 205, 206, 208, 221, 224, 246, 258, 297, 300, 301, 302
Cavalo 12, 18, 26, 31, 34, 46, 48, 50, 51, 52, 56, 57, 80, 87, 88, 107, 115, 118, 119, 120, 130, 143, 164, 165, 173, 181, 208, 222, 225, 227, 239, 240, 251, 279
Cigarra 197, 199, 200, 235
Coelho 196, 258
Cordeiro 17, 106, 197, 294, 297
Corvo 17, 23, 27, 28, 75, 126, 127, 193, 194, 197, 198, 199
Crocodilo 26, 27, 63, 150

D

Doninha 218, 219
Dragão 18, 20, 21, 26, 63, 281, 282, 283
Dromedário 150

ÍNDICE DOS ANIMAIS

E

Égua 160, 208 226, 230
Elefante 13, 26, 77, 78, 79, 80, 81, 112, 113, 114, 115, 116, 117, 142, 143, 144, 145, 146, 147, 150, 175, 176, 178, 194, 211, 233, 240, 258
Escorpião 94

F

Fênix 193, 194
Formiga 199
Furão 218, 219

G

Galgo 14, 107, 184, 186
Galinha 125, 126, 127
Galo 13, 18, 125, 126, 127, 198, 233, 291, 292
Gamo 34
Ganso 72, 73, 74, 75, 76
Gata 14, 214, 215, 216, 217, 219
Gato 14, 127, 214, 216, 217, 218, 219, 258, 271
Girafa 11, 26, 150, 239, 240, 241, 242, 243, 244, 245, 246, 247, 248, 249, 250, 258
Golfinho 27

H

Hiena 222
Hipopótamo 26, 63, 258

I

Inseto 13, 23, 34, 196, 199, 234, 235, 237, 258, 287

J

Javali 23, 25, 26, 33, 94, 95, 98, 108, 109, 110, 113, 121, 125, 134, 143, 149, 210, 231, 289, 291, 293, 294, 295, 296
Jumento 56, 57, 58, 197

L

Leão 13, 17, 23, 25, 26, 94, 103, 108, 113, 125, 126, 132, 133, 134, 135, 136, 137, 138, 139, 140, 141, 150, 173, 176, 190, 194, 196, 197, 198, 199, 222, 233, 258
Leitoa 121, 162, 164, 201, 202, 203, 207, 209, 211, 292, 293
Leopardo 12, 114, 132, 136, 137, 138, 139, 140, 141, 144, 149, 240
Lesma 125

M

Macaco 26, 114, 125, 150, 170, 185, 198, 285, 287
Mamute 34
Marimbondo 198, 237
Morsa 150, 211
Mosca 199, 235

N

Novilha 43

O

Onagro 150
Ornitorrinco 27, 258
Ostra 198
Ovelha 17, 83, 187, 188, 196, 221, 297, 298, 299, 300, 301

P

Pantera 14, 26, 113, 137, 140, 144, 149, 222, 240
Papagaio 14, 150, 185
Pássaro 13, 22, 23, 28, 31, 32, 34, 41, 67, 114, 196, 251, 258
Pato 264, 265, 266
Peixe 13, 17, 25, 34, 61, 62, 63, 258, 274
Pomba 17, 23, 27, 28
Porco 11, 12, 13, 92, 94, 95, 96, 97, 98, 99, 100, 118, 120, 121, 122, 123, 160, 163, 166, 168, 169, 170, 202, 203, 204, 205, 206, 207, 208, 210, 211, 212, 213, 229, 258, 292, 293, 294, 295

R

Rã 199
Raposa 13, 17, 124, 126, 127, 129, 130, 131, 193, 196, 197, 198, 199, 271
Rato 25, 197, 218, 262, 263, 271, 285, 287
Rena 34, 150
Rinoceronte 27, 31, 34, 173, 174, 175, 176, 177, 178, 179, 180, 199, 258

S

Salamandra 276
Salmão 274
Sapo 178, 276
Serpente 11, 13, 16, 17, 18, 19, 20, 21, 23, 25, 29, 34, 38, 106, 150, 275, 277, 281, 282

T

Tartaruga 222
Texugo 125, 127
Tigre 27, 222, 224, 258
Touro 36, 37, 38, 39, 41, 42, 43, 44, 45, 68, 84, 94, 103, 125, 151, 165, 173, 176, 240
Truta 274

U

Unicórnio 26, 106, 173, 174
Ursinho 253, 254, 258
Urso 11, 12, 13, 17, 23, 25, 34, 94, 108, 110, 113, 125, 126, 127, 132, 144, 145, 148, 149, 150, 170, 176, 187, 188, 189, 190, 191, 222, 240, 251, 252, 253, 254, 255, 256, 257, 258, 259, 260, 311

V

Vaca 31, 38, 44, 68, 182, 206, 208, 211, 220, 229, 240, 243, 246
Veado 23, 25, 26, 31, 34, 102, 103, 104, 105, 106, 108, 109, 110, 111, 143, 148, 294
Vespa 237
Víbora 94
Vitela 206, 294

O urso e os dois companheiros.
Gravura anônima em *Les œuvres complètes de La Fontaine*, Garnier Frères, Paris, 1872.

1ª edição setembro de 2015 | **Fonte** Book Antiqua
Papel Off White Norbrite 66 g/m² | **Impressão e acabamento** Imprensa da fé